Querverlag

Die Gärten bist du

Antje Wagner

Erzählungen

Ich danke Luna und E –

Erste Auflage Februar 2003

Umschlag und grafische Realisierung von Sergio Vitale unter Verwendung eines Fotos von The Image Bank.
Gesamtherstellung: Druckhaus Köthen
ISBN 3-89656-086-7
Printed in Germany.

Bitte fordern Sie unser Gesamtverzeichnis an:
Querverlag GmbH, Akazienstraße 25, D-10823 Berlin
http://www.querverlag.de

Für Maria und Peter

Inhalt

einst
luna jacob

einst vergeb ich
meinem lieben
gebührt nur schlaf
in deinem blick
erwachen wir
in eichenwäldern
singst du
flieder macht
mich weinend
ein tag kommt

ich geh

ihn zu suchen
in meiner
höhnenden sonne
pflanz ich
doch jetzt
mein blau
den flieder
neu in den gärten
der hoffnung

und liebe

Auf der Flucht

Der Zug ist voll.

Ich sitze am Fenster und beobachte unauffällig die Mitreisenden. Vor allem die, die Zeitung lesen. Die Frau schräg gegenüber blättert in der Tageszeitung, seit ich zugestiegen bin. Wenn sie die Seiten umschlägt, klacken ihre Metallarmreifen gegeneinander. Es klingt wie Handschellen.

Als ich aufstehe, um aufs Klo zu gehen, trete ich fest auf und mache große Schritte. Sieht mich jemand auffällig lange an? Merkt jemand, daß ich die ganze Nacht geweint habe?

Ich fühle mich verletzbar ohne Make-up, ohne meinen brombeerroten Mund, ohne mein russisches Parfum. Ich bin nackt ohne tiefausgeschnittene Bluse und hochgeschlitzten Rock, der immer einen weißen Fetzen Schenkel den Blicken preisgab.

Ich trage Achselshirt und Jeans. Auch die Schnürstiefel sind nicht meine. Meine Füße fühlen sich darin an, als wären sie einige Kilo zu schwer. Ich gehe unsicher durch die Reihen, achte auf jeden Schritt und sehe ängstlich in die Gesichter der Fahrgäste.

Schauen sie mir nach? Erkennen sie mich?

Es gibt keinen Namen für mein Verbrechen.

Ich habe geliebt.

Ich werde den Namen erfinden müssen, und ich werde es schnell tun müssen, weil ich einen Namen brauche, wenn sie mich finden und abführen.

Heute morgen, gleich nachdem ich das Hotel verlassen hatte, habe ich mir das Haar schneiden und färben lassen.

Antonia hat mein Haar geliebt. Und Isabelle auch.

Antonia hatte es manchmal um ihre Hand gewickelt, bis sie mit der Handkante gegen den Nacken stieß. Dann hat sie meinen Kopf daran zurückgezogen und sich über mich gebeugt. „Ich verbiete dir, es abzuschneiden", hatte sie sanft gesagt.

Wenn ich Isabelle küßte, griff sie mit beiden Händen in mein Haar und verteilte es über ihrem Körper, bis sie ganz davon bedeckt war. „So weich", hatte sie geflüstert. „So schwarz. Richtiges Nachthaar." Ich ließ das Haar über ihre Haut fallen – über den Hals, die Brüste und den Bauch von Isabelle. „Bitte laß es niemals schneiden", hatte sie gesagt.

Jetzt ist es weißblond, raspelkurz und im Nacken ausrasiert.

Die Friseurin hatte es mit einer Hand angehoben, und die Langsamkeit, mit der sie hindurchfuhr, verriet, wie sehr es ihr gefiel: seine Schwere, seine Dichte.

„Wollen Sie es mitnehmen?" hatte sie gefragt.

Die Schere war kalt im Nacken.

„Nein", hatte ich leise gesagt, „nein, ich will es nicht."

Als sie das Haar dann in einem einzigen Schnitt vom Kopf trennte, erinnerte ich mich jäh an eine andere Klinge, hörte ein leises Röcheln und zuckte entsetzt zusammen. Da sah die Friseurin in den

Spiegel und direkt in meine Augen. Sie runzelte die Brauen, als ob sie sich etwas ins Gedächtnis rufen wollte.

Als sie später meinen Nacken rasierte, fragte sie: „Sind Sie Schauspielerin? Ihr Gesicht … ich bin sicher, ich hab Ihr Gesicht schon mal irgendwo gesehen."

„Nein, nein", murmelte ich und betete, wieder aus dem Laden zu sein, bevor ihr einfiel, woher sie mich kannte.

Ich habe die Nacht im Hotel verbracht. Ich habe kein Zuhause mehr. Im Grunde weiß ich nicht mal, wo ich hinfahren soll. Ins Ausland zu flüchten ist unmöglich.

Mein Gesicht prangt auf den Titelblättern aller Zeitungen.

Ich habe meinen Namen jetzt so oft gehört und gelesen, daß er ganz leer für mich klingt.

Gestern nacht, als ich weinend zu meiner Wohnung gelaufen bin, habe ich die Blaulichter vor meiner Haustür schon von weitem gesehen. Ich habe sofort kehrtgemacht.

Nichts habe ich bei mir. Keinen Koffer, keine Erinnerungsstücke, nichts. Nur fremde Sachen auf dem Leib und meine Handtasche.

Nachts stand ich in meiner eigenen Stadt vor dem Hotel *Mercure* und habe nach einem Zimmer gefragt. Vielleicht war es unvernünftig, nicht sofort zu fliehen. Doch ich konnte es nicht glauben. Ich dachte noch immer, es wäre nur ein Irrtum.

Gleich nach dem Aufstehen habe ich den Fernseher angeschaltet. Es kam schon in den Morgennachrichten.

Ich habe das Frühstück ausfallen lassen. An der Rezeption zahlte ich bar.

Was habe ich nur getan?

Irgendwann kommt ein Punkt, wo man an dem Leben mit dem Menschen, mit dem man lebt, plötzlich etwas vermißt.

Vielleicht hätte ich es ohne Isabelle nie bemerkt. Aber ich weiß nicht, ob ich damit glücklicher gewesen wäre. Vielleicht hätte ich mein ganzes Leben lang ein vages Gefühl von Unvollständigkeit gehabt und hätte angefangen, Antonia dafür verantwortlich zu machen.

Manchmal frage ich mich, ob ich wirklich immer wieder ähnlichen Menschen begegnet bin. Denn bis zu dem Abend, an dem ich Isabelle traf, habe ich mich immer ähnlich verhalten.

Als ich Isabelle begegnete, passierte etwas Sonderbares. Allein ihr Anblick löste etwas aus mir heraus, das jahrelang ganz nah an der Oberfläche gelegen haben mußte. Isabelle stand an der Bar, ganz Butch, mit einem Bier in der Hand, den Blick fest auf die Tanzenden gerichtet. Sie war einen Kopf größer als ich. Sie trug das dunkle Haar kurz.

Später, als ich neben ihr stand und sie einfach ansprach, begann ich über ihren Namen zu witzeln: „Isabelle? So weich und unschuldig, das paßt doch gar nicht zu dir.“ Dabei sah ich ihr in die Augen. „Oder gibt es da etwas, was man auf den ersten Blick nicht erkennt?“ Dann hatte meine Hand in ihrem Nacken gelegen, und mein Daumen war hinter ihrem Ohr in ihren Haaransatz hineingefahren. In ihren Augen schimmerte etwas auf, Verwirrung oder eine ganz zarte Angst, und sie hatte die Hand gehoben, um sie an mein Gesicht zu legen. Ich aber hatte den Kopf geschüttelt, meine Hand fester um ihren Nacken gelegt und sie zu mir runtergezogen.

Der Kuß war sanft.

Wenn sie mich kriegen, bekomme ich lebenslänglich. Kein Mensch würde mir glauben.

Sie würden behaupten, mein panisches Fluchtverhalten sei Beweis für meine Schuld. Die Geschichte, die ich ihnen erzählen müßte, würde so unwahrscheinlich klingen, daß mir nicht einmal der beste Anwalt helfen könnte.

Doch ich bin nicht verstrickt in Lügen. Ich bin verstrickt in die Wahrheit, die so unfaßbar ist, daß jede Lüge aufrichtiger klingt.

Ich habe Antonia von Isabelle erzählt, bevor sie es von anderen erfuhr.

Sie lächelte gutmütig.

Im Grunde führte ich mein Leben mit Antonia wie bisher weiter. Ich kam nicht öfter und nicht seltener zu ihr. Isabelle fragte nie nach Antonia. Manchmal sahen wir uns alle zusammen auf einer Party, oder wenn ich mit einer spazieren ging und uns zufällig die andere über den Weg lief. Dann blieben wir stehen, tauschten ein paar Sätze und lachten. Ich glaube, sie waren sich sympathisch.

Mancher würde vielleicht Betrug dazu sagen. Aber das stimmt nicht. Das hieße ja, zwei halbe Leben gelebt, jede zur Hälfte geliebt und sie um die andere Hälfte betrogen zu haben. Ich habe zwei vollständige Leben geführt.

Irgendwann kam mir der Gedanke, daß ich noch immer nicht vollständig wäre. Daß es Leben in einem gäbe, die man nie zu Gesicht bekommt. Die immer ungelebt bleiben. Doch die Anlage dafür ist da. An dieser Stelle hatte ich gefröstelt und den Gedanken nicht zu Ende gedacht. Vielleicht war das ein Fehler.

Bei Isabelle begann ich, die Wohnung zu streichen, legte einen Garten an und entrümpelte den Dachboden. Wir schliffen Dielen ab, nachdem ich gelacht und erklärt hatte, daß das nicht so schwierig sei, wie Isabelle es sich vorstellte. Wir besuchten Galerien und Museen, denn für Kunst hatte sie sich vorher nicht interessiert. Langsam schlenderten wir durch die Räume, ich erklärte ihr alles, und sie hing an meinen Lippen. Wir waren tanzen, häufiger, als ich mit Antonia wegging. Isabelle war schön und wurde angestarrt. Ich lächelte und griff unter dem Tisch nach ihrem Knie. Ihr Blick wurde dunkel. Beim nächsten Tanz hielt ich sie eng.

Bei Antonia lag ich in der Hängematte im Garten, und sie brachte mir Eiskaffee und Schokolade. Ich durfte noch nicht mal einen Blick in die Küche wagen. Sie kochte stets allein, und sie kochte vorzüglich. Bei Antonia war ich natürlich vollkommen hilflos, wenn nur eine Glühlampe durchbrannte. Wenn sie fragte: „Was hältst du eigentlich von Matisse?“ sagte ich grinsend: „Nur mit Zucker, bitte.“ Dann lachte sie und meinte: „Franziska, bei dir ist wirklich Hopfen und Malz verloren.“ Wenn wir tanzen gingen, behielt sie mich stets im Auge. Sie registrierte genau, wer mich ansprach, einlud, berührte. Dann kam sie vorbei wie aus Zufall, streifte meinen Arm, und wenn ich in ihr hintergründiges Lächeln hineinsah, zog sich etwas in meinem Bauch vor Liebe zusammen.

Die Frau, die an der Abteiltür sitzt, mustert mich schon seit einer ganzen Weile. Jetzt tuschelt sie mit ihrer Nachbarin. Verdammt. Vielleicht bilde ich mir auch alles ein. Aber nein, jetzt sehen sie beide her, und die andere nickt heftig.

Ich frage mich, ob man mich wirklich in Handschellen abführen wird. Drei Polizisten, und jeder hat einen Hund bei sich. Ich kann ihnen noch nicht mal sagen, daß kein Richterspruch schlimmer wäre als das, was ohnehin vor mir liegt: ein leeres Leben. Es wäre sinnlos, mich einzusperren. Ich bin schon verschlossen in einen entsetzlichen Verlust.

„Warum sind Sie dann auf der Flucht?“ werden sie fragen. „Dann hätten Sie sich doch stellen können.“

„Nein“, werde ich flüstern müssen, „nein, denn ich war es nicht. Und ich muß diejenige finden, die das getan hat. Die will ich Ihnen bringen.“

Ich sehe mich gehen an dem gestrigen Abend.

Ich war auf dem Weg zu Antonia. Ich weiß noch, daß ich den ganzen Weg über lächelte, denn ich wollte sie überraschen. Gestern war ein Montag, und der Montag ist seit Jahren mein ganz persönlicher Tag. Nie hat eine meiner Liebsten mich an einem Montag zu Gesicht bekommen. Zu Antonia kam ich an den Dienstagen, Donnerstagen und Samstagen. Bei Isabelle war ich am Mittwoch, Freitag und Sonntag. Ich weiß nicht, was mich dazu getrieben hat, diese Regel gestern zum ersten Mal zu durchbrechen.

Als ich in den Garten trat, hörte ich Stimmen. Die Terrassentür stand offen, das Zimmer war hell erleuchtet. Sie war also nicht allein.

Schade, dachte ich, und trat näher. Warum bin ich nicht gleich zur Tür gegangen und habe geklingelt? Vielleicht hätte ich alles verhindern können. Ich aber schlich auf die Terrasse und spähte heimlich durch das Fenster.

Zuerst sah ich nur Antonia. Sie lief im Zimmer auf und ab.

„Was willst du eigentlich?“ fragte sie in einem Ton, den ich an ihr nicht kannte. Irgendwie zynisch. „So viele Jahre, und dann rückst du plötzlich mit so was raus.“

Jetzt erst bemerkte ich eine Frau in dem Sessel, in dem ich gewöhnlich saß. Ich sah sie nur von hinten. Sie saß zusammengesunken da und rauchte. Sie rauchte! Antonia erlaubte das Rauchen in der Wohnung nur in Ausnahmefällen. Der Aschenbecher war schon voll.

„Antonia, du nimmst mich nicht ernst.“ Die leise Stimme kam mir vertraut vor. „Du behandelst mich wie ein Kind, tust, als könnte ich nicht mal mit einer Fernbedienung umgehen.“ Gab es in Antonias Leben eine andere Frau? Eine, die an den Tagen zu ihr kam, wenn ich bei Isabelle war? Und ich hatte es die ganze Zeit nicht bemerkt? Die Frau stand auf. Ich sah nur ihren Rücken. Aber ich hätte schwören können, diesen Rücken schon mal gesehen zu haben. „Wenn ich am Steuer sitze, meckerst du nur rum. Es hängt mir zum Hals raus. Da mache ich ja erst recht Fehler, weil ich mich so kontrolliert fühle. Du machst dich lustig über mich, und das Schlimme ist, du tust es am liebsten vor unseren Freunden!“ Es war ein Streit um Kleinigkeiten. Antonia und ich hatten solche Sachen recht selten. Und wir beide konnten schon immer gut streiten. Wie vernünftige Leute eben.

Antonia fing an zu lachen. Auch dieses Lachen kannte ich nicht. Es war häßlich.

Da drehte die Frau sich um. Sie sah in den Garten. Sie sah genau an die Stelle, wo ich verborgen stand. Ich erstarrte vor Entsetzen. Sie konnte mich nicht sehen, es war stockdunkel, doch sie sah mir genau in die Augen. Und das war der Moment, an dem ich vielleicht verrückt geworden bin. Denn diese Frau dort – das war ich!

Niemand, der mir nur ähnlich sah. Niemand, der nur dieselben Sachen trug wie ich. Nein, das dort, das war ich! Alles stimmte: die Augenfarbe, die aufgeworfene Oberlippe, sogar das Muttermal auf der Wange. Die Art, in der sie sich ins Haar griff und es nach hinten warf – das war meine Geste.

„Franziska, du bist gräßlich kindisch. Hab ich dir das eigentlich schon mal gesagt?“ sagte Antonia, und ich sah es genau: Antonia gähnte dabei. Die Frau, die ich war, machte behutsam die Terrassentür zu, ohne mich dabei aus den Augen zu lassen. Ich weiß nicht, warum ich nicht reagierte. Ich hätte doch aus meinem Versteck aufspringen und mich bemerkbar machen können!

Und dann erlebte ich eine Szene, aber ohne Ton, eine schreckliche Szene, die ich noch niemals mit Antonia erlebt hatte. Ich sah, wie ich mich umdrehte und zu Antonia lief. Antonia schaute mich gar nicht mehr an, sondern fummelte am Fernseher herum. Ich sah, wie ich dazwischentrat, um ihr die Fernbedienung wegzunehmen. Sie stieß mich ungeduldig zurück. Ich sah mich etwas schreien. Antonia lachte. Dieses Lachen – es brachte mich dort draußen im Garten zum Zittern. Ich sah mich die Vase nehmen und auf den Boden werfen. Antonia bewegte sich nicht vom Fleck, lachte nur weiter. Sie rief der Frau, die ich war, irgendwas zu. Es mußte etwas Fürchterliches sein, denn ich sah mich daraufhin auf den Boden sinken und anfangen zu weinen. Antonia ließ mich einfach liegen, bastelte weiter an der Fernbedienung rum, sagte ab und zu etwas, das bestimmt sarkastisch war, weil es mich immer heftiger schluchzen ließ. Und dann war der Fernseher an. Antonia setzte sich aufs Sofa. Ihre Füße berührten meine Seite. Ich hob den Kopf, lehnte mich an die Füße, sie schob mich weg. Ich stand auf, sagte etwas und legte die Hand dabei auf ihr Knie. Sie wollte mich wieder wegschieben. Ich reagierte nicht. Sie packte meine Hand sehr fest, ich sah es genau: Sie drehte die Hand um, so daß ich vor Schmerz in die Knie ging. Dann riß sie mich am Haar wieder hoch und zog mich mit einer Leichtigkeit ran, die mich draußen im Garten wahnsinnig machte. Sie preßte ihren Mund mit Gewalt auf meinen, stieß mit der Zunge zu, riß mich zurück, sah mich lachend an, und ich weinte, während sie wieder etwas sagte.

Die Frau, die ich war, tastete die ganze Zeit nach etwas unter dem Sessel. Und dann hatte ich es endlich gefunden.

Ich sah nur das Blitzen von Metall in der Luft.

Der Schrei war so laut, daß ich ihn sogar durch die geschlossene Terrassentür hörte.

Da drehte ich mich um und rannte.

Ich rannte, bis mir die Lungen weh taten, bis das Herz fast platzte, aber ich konnte den Blick nicht vergessen. Diesen fürchterlichen Blick, den ich mir zugeworfen hatte, gleich nach dem ersten Stich.

Ich mußte zu Isabelle. Ich mußte unbedingt, unbedingt zu Isabelle. Und während ich rannte, betete ich die ganze Zeit, daß ich nicht schon bei Isabelle gewesen war.

Die Frauen tuscheln noch immer. Jetzt steht eine auf und verläßt das Abteil. Ich werde an der nächsten Station aussteigen.

Die Frau mir gegenüber legt die Tageszeitung neben sich und schließt die Augen.

Auf der Titelseite lächle ich mir entgegen. Langes, blauschwarzes Haar. Brombeerroter Mund. Große, braune Augen. Ich stehe in einem knöchellangen, türkisfarbenen Kleid auf Antonias Terrasse und habe ein Sektglas in der Hand. Ich sehe glücklich aus. Das Foto hatte jemand an meinem Geburtstag aufgenommen. Darunter das Wort: *Doppelmörderin.*

Was habe ich getan? Was habe ich nur getan?

Ich gehe ziellos durch die Straßen einer fremden Stadt. Ich, mit meinem kurzgeschorenen Haar. Ich, in Achselshirt und Jeans. Ich, in Schnürstiefeln. Mein Herz ist leer. Selbst das Leere tut weh.

Vor einer Schaufensterscheibe mit Fernsehgeräten stehen einige Leute. Ich starre mit ihnen auf die Bildschirme, die gerade meine Verhaftung zeigen. Wir sehen, wie ich in Handschellen abgeführt werde. Ich trage Sandaletten und ein rotes Kleid. Mein Haar ist offen, verwirrt. So wie mein Blick. Wir hören, wie die Reporterin sagt, Franziska L. hätte alles sofort gestanden.

Ich stehe noch, als alle längst gegangen sind. Vor mir die Fernseher, in denen jetzt ein Zeichentrickfilm läuft.

Der Riß

Als Felix am Morgen aufwacht, ist etwas anders als sonst. Es ist seine letzte Woche bei Sophia und Brit. Im Zimmer ist es hell, und die Linde vor dem Fenster rauscht wie jeden Morgen. Sein Blick geht zur Uhr an der Wand. Schon zehn. Das kann gar nicht sein. Sophia weckt ihn immer um halb neun. Sie kommt reingestürmt, reißt die Vorhänge auf und lacht laut, wenn er sich noch mal im Bett umdreht. „Wer wird denn hier den ganzen Tag verschlafen", ruft sie und zieht ihm die Decke weg. Er tut jedesmal, als ob er noch schliefe, und Sophia kitzelt ihn dann an den Füßen. Da muß er immer lachen.

Es ist still. Kein Geräusch im ganzen Haus. Das ist seltsam. Außerdem riecht es nach nichts. Sonst duftet es immer nach Kakao und warmen Semmeln, wenn er aufsteht.

Er geht die Treppe hinunter. An der Schwelle zur Küche bleibt er stehen. Brit sitzt auf einem der blauen Stühle und starrt in die Luft. Kein Kakao, keine Semmeln, keine Marmelade. Sie sitzt und raucht, und ihre Hand zittert.

„Brit?"

Sie hört ihn nicht. Sein Herz fängt plötzlich an, laut zu klopfen. Er geht langsam rein und setzt sich auf den Stuhl ihr gegenüber.

„Wo ist denn Sophia?"

Da sieht sie ihn an mit einem Blick, den er noch nie an ihr gesehen hat.

„Ich ..." Brits Stimme klingt fremd. Sein Herz. Sie kann bestimmt sein Herz hören. „Ich weiß es nicht, Felix."

Und dann legt sie den Kopf in die Hände und fängt an zu weinen.

Es ist etwas mit dem Haus passiert.

Seit er denken kann, verbringt er die Sommer bei Sophia und Brit auf dem Dorf. Jetzt ist er elf, und schon am Tag seiner Ankunft sieht er es.

Zwar scheint alles so zu sein wie letztes Jahr und vorletztes und all die Jahre davor: Brit holt ihn mit dem Auto vom Bahnhof ab, und Sophia hat in der Zwischenzeit den Tisch im Garten gedeckt. Kaffee für die beiden Frauen und für Felix Kakao und Apfelkuchen. Aber er hat es trotzdem gesehen. Das Haus ist wieder ein Stück kleiner geworden. Kleiner und dunkler.

Sophia liegt im Bett und lauscht auf Brits Atem. Felix ist da, denkt sie. Sie lächelt. Das ganze Jahr über hat sie auf den Moment gewartet, an dem er mit Brit im Auto ankommen würde.

Wenn Felix da ist, ist alles anders. Dann fahren sie zu dritt in den Zoo, sehen sich die Affen an, füttern die Pferde mit Zucker aus der Handfläche und essen im Zoocafé alle einen großen Eisbecher. Sie gehen rudern und lachen laut, wenn Sophia das Ruder verliert und sie mit nur einem Ruder zurückmüssen. Brit zeigt Felix, wie der Rasenmäher funktioniert, und Sophia steht am Fenster und grinst, wenn sie sieht, wie er versucht, das riesige Ding ganz allein über die Wiese zu bewegen. Wenn Felix da ist, wird es nie still im Haus. Immer passiert irgendwas. Sie müssen Hosen flicken, regelmäßig Essen kochen und gute Laune haben. Sie müssen sich beide ständig etwas ausdenken, was Felix Spaß machen könnte.

Brit und sie nehmen sich immer Urlaub für die Zeit, wenn Felix kommt.

Sophia kann an einer Hand abzählen, wann Brit und sie im letzten Jahr während der Woche gemeinsam gegessen haben. Brit kommt immer erst nach Hause, wenn Sophia schon im Bett liegt, und Sophia muß so früh raus, daß sie Brit zum Frühstück nicht sieht. Das ist nicht das Schlimmste.

Schlimmer sind die Wochenenden. Wenn sie sich am Frühstückstisch gegenübersitzen und Sophia einfach nichts einfällt, was sie sagen könnte. Wenn sie auf die Zeitung starrt, die vor Brits Gesicht steht wie eine Wand, und sie angestrengt überlegt, was passiert ist.

Manchmal fragt sie: „Wollen wir nicht mal wieder mit den Rädern rausfahren und ein Picknick machen?" Dann senkt Brit die Zeitung und sagt: „Sophia, das ist was für Kinder. Das können wir machen, wenn Felix da ist." Dabei hat Sophia das für einen guten Vorschlag gehalten. Danach hat sie sich nicht mehr zu sagen getraut, daß sie auch ohne Felix gern mal mit Brit in den Zoo gehen würde. Einfach so. Einfach nur mit Brit die Affen ansehen, die Pferde mit Zucker aus der Handfläche füttern und dann einen Eisbecher im Zoocafé essen. Doch sie wußte, Brit würde sie stumm ansehen, und sie würde nicht mal lachen.

Sophia hat das ganze Jahr nur gewartet. Auf Felix gewartet. Auf den Augenblick, an dem das Warten endlich zu Ende ist.

Sie liegt im Bett, streichelt die Bettdecke und lächelt. Vier Wochen, denkt sie. Vier Wochen für ein ganzes Jahr.

Wie war es denn, haben seine Eltern immer neugierig gefragt, wenn er nach vier Wochen braungebrannt zurückgekommen war, und aus Felix ist es dann immer herausgesprudelt: die Kaninchen, die Schaukel, die vielen Ausflüge. Wie er mit Brit angeln war, und wie Sophia ihm beigebracht hat, Stempel aus Kartoffeln zu machen.

Felix' Vater ist der Bruder von Brit, und Felix hat sich nie getraut, seinen Eltern zu erzählen, daß das Haus schrumpft.

Felix sitzt am Tisch zwischen Brit und Sophia, der Baum hängt voll mit Kirschen, und er weiß, daß er alle wieder mit Sophia ernten wird und dabei soviel essen darf, wie er mag. Trotzdem ist irgendwas merkwürdig. Brit fragt, wie die Zugfahrt war, und er erzählt. Sophia fragt, ob er Sahne auf den Kuchen mag, und er nickt. Irgendwas stimmt nicht, denkt er. Er kommt nur nicht drauf.

Als Felix sechs war, war plötzlich Sophia da. Vorher hatte es Sophia nicht gegeben. Da war nur Brit in dem Haus gewesen.

Er weiß noch, wie er am dritten Tag ganz allein mit Sophia im Haus bleiben sollte, weil Brit mit dem Auto in die Werkstatt gefahren war. Er hatte ein bißchen geweint, und als das nichts nützte, hatte er beschlossen, Sophia einfach zu ignorieren. Vielleicht verschwand sie dann wieder.

Aber Sophia war nicht verschwunden. Im Gegenteil. Sie setzte sich neben ihn, sagte nichts, fing nur an, ein großes Blatt Papier zu falten. Er tat so, als ob er nichts bemerkte, aber nach einer Weile sah er doch hin.

„Was machst du da?“ fragte er.

„Einen Zauberkäfer.“ Und dann klappten zwei Flügel auf und zu, und tatsächlich flog plötzlich ein Zauberkäfer vor seinen Augen durch das Zimmer. Da hatte er lachen müssen. Als Brit zurück war, hatten sie beide schon eine ganze Zauberkäferfamilie gefaltet.

Später schlich er sich immer öfter zu Sophia ins Zimmer, das voller Geheimnisse war. Er hatte mit ihr auf dem Boden gesessen und mit Knöpfen gespielt, die gar keine Knöpfe waren, sondern Edelsteine.

„Das ist mein Schatz, Felix“, hatte Sophia gesagt. „Das hier sind Diamanten und da, siehst du, ein Rubin, und dort ist sogar ein Saphir, aber ich hab sie alle in Knöpfe verwandelt.“

„Warum?“ hatte er gefragt und einen Metallknopf mit einem Anker hervorgezogen, der aus einem alten Piratenschatz stammte.

„Weil niemand Knöpfe stehlen würde.“

Das war seltsam. Aber bei Sophia war alles ziemlich seltsam.

Ihr Zimmer ist rosa. Die Wände, die Möbel und sogar der Überwurf auf dem Sessel. Sie hat einen Teppich, der aus den Wimpern eines Zauberdrachen geflochten ist. Und auf ihrem Sessel steht tatsächlich ein Stoffbär. Dabei ist Sophia doch gar kein Kind mehr. Er hat ihn manchmal genommen und an sich gedrückt. Sophia hatte geflüstert: „Er lebt, Felix. Von außen ist es bloß ein Stoffbär, nicht wahr, aber manchmal, wenn ich ganz traurig bin, wird er lebendig und bringt mich wieder zum Lachen." Sie hatte ganz ernst ausgesehen dabei.

„Wo bist du eigentlich hergekommen?" hatte er sich endlich zu fragen getraut. Da hatte Sophia auf die Wand gewiesen und gesagt: „Siehst du diesen Riß da? Aus dem bin ich rausgekommen."

Immer wenn Felix da ist, verringert sich die Kluft zwischen Sophia und Brit. Felix ist nun schon seit einer Woche da.

Heute haben sie alle zusammen eine Vogelscheuche gebaut, ihr alte Sachen angezogen und viel gelacht dabei. Als Felix draußen im Garten war, unter den Rasensprengern hin und her lief und sich kreischend bespritzen ließ, war Brit hinter Sophia getreten und hatte die Hand in ihren Nacken gelegt. Ganz leicht. Sophia hatte sich nicht getraut zu atmen. Ganz reglos hat sie dagestanden. Bitte nimm die Hand nicht weg, hatte sie gedacht, und als ein Daumen in ihren Haaransatz hineingefahren war, hatte sie sich langsam umgedreht. Brit hatte sie an sich gezogen und lange geküßt.

Auf diesen Moment hat Sophia ein ganzes Jahr gewartet. Auf diesen und auf die folgenden, wenn Brit im Bett Sophias Hand nicht mehr wegschiebt wie sonst immer. Wenn die Hand sich auf Brits Bein legen darf und Brit plötzlich die Decke auf den Boden wirft und sich über Sophia beugt. Dann denkt sie jedesmal: Dieser Duft, ich habe Brits Duft schon fast vergessen.

Und diese Hände, die hatte sie auch schon fast vergessen, die Sophias Nachthemd hochschieben und ihren Körper berühren, die Schultern, die Arme, die Brüste. Jedesmal wecken diese Hände Sophia wieder auf, Brits Hände, die sie nur noch in Abwehrhaltung kennt. Und Brits Stimme, die sie fast noch mehr berührt als ihre Hände, die kennt sie auch nur noch in Abwehr. Ganz anders klingt sie, wenn Felix im Nebenzimmer schläft. Sonst sagt Brit immer nur:

„Sophia!“ wenn Sophias Finger Brits Lippen streicheln wollen. Und der Tonfall ist so scharf, daß Sophia sofort Angst bekommt und ihre Hand schnell wieder zurückzieht.

Vielleicht bin ich häßlich geworden, hat sie einmal gedacht und sich am Morgen kritisch im Spiegel betrachtet. Aber sie war nicht häßlich. Doch vielleicht mochte Brit ihren Körper nicht mehr, weil ihr flache Brüste lieber waren als solche runden wie Sophias, weil sie kurzes Haar interessanter fand als Sophias langes oder weil sie schmale Lippen für schöner hielt als die aufgeworfenen von Sophia.

Aber heute hat Brit Sophia lange geküßt.

Noch drei Wochen, denkt Sophia, Felix bleibt noch drei lange Wochen, und schließt glücklich die Augen.

Er muß es Brit sagen, beschließt Felix nach vier Tagen.

Brit starrt die ganze Zeit nur vor sich hin und raucht eine Zigarette nach der anderen. Wenn sie irgendwas zusammen machen, angeln oder Pilze sammeln, dann schweigt sie. Sie schweigt beim Abendessen, und sie schweigt beim Frühstück. Sie sitzt draußen im Garten und starrt in die Luft. Das Haus schrumpft immer mehr. Sogar die Fenster wachsen langsam zu. Vielleicht wird im nächsten Jahr nichts mehr vom Haus übrig sein, denkt Felix. Er weiß, wo Sophia ist, und er muß es Brit sagen. Auch wenn es ein Geheimnis ist.

Seitdem Sophia verschwunden ist, geht er jeden Tag in ihr Zimmer, das gar kein Zimmer ist, sondern ein Schloß. Das hatte sie ihm verraten, als Brit gerade im Garten war.

„Ich bin eigentlich eine Prinzessin, Felix“, hatte sie gesagt. „Aber ich habe mich in Sophia verzaubert.“

„Warum denn? Ich finde Prinzessinnen toll!“

„Aber es ist gefährlich, Felix. Prinzessinnen werden entführt und von bösen Drachen gefressen. Und außerdem würde mir niemand glauben. Die Leute würden sofort denken, ich hätte mein goldenes Kleid irgendwo gestohlen. Und meine Krone würden sie mir wegnehmen und mich dann als Diebin ins Gefängnis stecken. Deshalb hab ich mein goldenes Kleid gelb gemacht“, hatte sie gesagt und auf ihr Kleid gezeigt. „Und meine Krone hab ich in einen Strohhut verwandelt, siehst du.“ Felix hatte den Hut staunend in den Händen gedreht. „Ich bin eine Prinzessin, die Gold in Stroh verwandelt und nicht andersrum, ist das nicht lustig?“ hatte sie gesagt und dabei traurig ausgesehen.

„Aber ich weiß doch, daß es stimmt“, hatte Felix gerufen. „Und wenn ich groß bin, heirate ich dich, und wir ziehen auf ein Schloß.“

„Ich bin doch hier in meinem Schloß, Felix, und ich bin auch schon verheiratet. Aber sie hat es vergessen. Doch manchmal verwandele ich uns, und dann sind wir sehr glücklich.“

Felix steht in Sophias Zimmer und legt den Mund gegen die Wand, direkt an den Riß. „Sophia“, flüstert er, „ich weiß, daß du da drin bist. Sag doch was.“

Doch die Wand bleibt stumm.

„Was machst du da, Felix?“ Brit steht in der Tür.

Felix schreckt zurück. Er setzt sich in den Sessel und greift nach dem Stoffbären. Er preßt sein Ohr an den weichen Bauch. Das kleine Herz schlägt, aber es schlägt ohne Laut. Brit sieht so blaß aus und ganz müde. Gar nicht mehr wie Brit.

„Ich weiß, wo sie hingegangen ist“, flüstert er.

„Was sagst du da?“

Brits Blick folgt seinem zu dem Riß in der Wand, und ihre Augen weiten sich vor Schreck.

„Hast du denn nicht gemerkt, daß das Haus immer kleiner wird? Und immer dunkler?“

Und dann verrät er Sophias Geheimnis. Er macht so was nie, aber er weiß, daß es die einzige Möglichkeit ist, Sophia zurückzuholen.

Noch eine Woche mit Felix, denkt Sophia im Bett, und etwas krampft sich in ihr zusammen. Sie erinnert sich.

Sie erinnert sich an das letzte Jahr, an Herbst, Winter und Frühling, als Felix nicht da war. Einmal hatte Brit sie nachts wachgeschüttelt und grob angefahren: „Du schnarchst, Sophia! Ich kann nicht schlafen.“ Und am nächsten Tag war sie in das Zimmer gegangen, in dem Felix jetzt liegt, und hatte dort geschlafen.

Was soll werden, denkt sie, wenn Felix wieder geht?

Heute haben sie eine Dampferfahrt gemacht. Sie haben sich zu dritt über die Reling gebeugt, ins Wasser gespuckt und gewettet, wer es am weitesten schafft. Und dann hat Brit angefangen zu singen: „Ich steh auf der Brücke und spuck in den Kahn", und Felix hat gejuchzt und „Weiter, weiter!" gerufen. Brit hat tatsächlich alle zwanzig Strophen gesungen, und Sophia hatte gar nicht gewußt, daß sie so was kennt. Am Abend hat es Spaghetti gegeben. Brits Hand auf ihrem Bein. Sophias Hand auf Brits Bein. Sie haben Federball gespielt. Erst Felix mit Brit. Dann Felix mit Sophia. Und zum Schluß, als Felix schon schlief, Brit mit Sophia.

Später, im Bett, hat Sophia ihr Bein zwischen Brits Schenkel geschoben und ihr sanft in die Schulter gebissen, während sie ihre Finger in sie schob, und Brit hat angefangen zu zittern. Als sie den Kopf heben wollte, hat Sophia in ihr Haar gegriffen, sie unten gehalten und leise gelacht. Sie hat, als sie eine Brustspitze mit dem Daumen flachdrückte und die Finger schneller bewegte, geflüstert: „Sieh mich an", und Brit hat sie angesehen, die ganze Zeit, auch als ihr überall der Schweiß ausbrach und ihr Gesicht einen fast schon schmerzlichen Ausdruck annahm. Als sie etwas sagen wollte, hat Sophia sich mit ihrem ganzen Gewicht auf sie gelegt, sie tief geküßt und ihre Finger weiterbewegt, immer weiter, bis Brit die Arme so fest um sie schlang, daß Sophia glaubte zu ersticken. Aber nicht, weil sie ihr die Luft abschnürte, sondern weil plötzlich so viel Luft zum Atmen da war. Sophias Hand liegt auch jetzt noch auf Brits Schenkel. Brit sieht glücklich aus im Schlaf.

Was soll nur werden, denkt Sophia. Felix wird zwölf, und wer weiß, ob er dann überhaupt noch den Sommer bei ihnen verbringen will.

Manchmal hatten sie eine ganze Woche lang nicht miteinander geredet, und am Wochenende hatte Brit dann gesagt: „Ich muß mal raus, Sophia. Ich fahre zu meinen Freunden nach Berlin." Sophia blieb allein zurück. Sie hatte nie etwas gesagt, nur gelächelt, wenn Brit dann Sonntagnacht zurück war. Sie hatte eine dünne Decke aus Lächeln über alles gebreitet, was geschehen war, und auch über das, was nicht geschehen war.

Da ist etwas Verletzliches in Brits Gesicht, denkt Sophia, als sie sie heimlich betrachtet. Das sieht sie nie, wenn Felix nicht da ist. Ihre

Lippen streifen Brits Wange. Der atmende Körper neben ihr, der sich jetzt sogar im Schlaf öffnet, wenn sie ihn berührt.

Vielleicht ist das ihr letzter Sommer. Felix wird groß, und der Sommer ist immer zu schnell vorbei.

Ich werde nur meine Krone und mein goldenes Kleid mitnehmen, denkt sie.

Als sie das Bett verläßt, ist sie sehr leise.

Felix ist schon lange abgereist. Nach einem halben Jahr hat Brit die rosa Wände in Sophias Zimmer gold gestrichen. Nur den Riß hat sie ausgespart. Auf keinen Fall darf der Riß verputzt werden. Ein kleiner rosa Streifen in der Mitte der Wand.

Sie hat alle dunklen Gardinen im Haus entfernt, den Zaun im Garten niedergerissen und nur eine kleine Hecke angepflanzt. Sie macht das Haus größer. Größer und heller. Sie hat die schweren Möbel ausgeräumt und welche aus hellem Holz gekauft. Die Kleider von Sophia hat sie in einen großen Schrank gehängt und die Schranktüren herausgenommen. Jeden Tag streichelt sie die Stoffe, und dann knistern sie, als wären sie aus Brokat und chinesischer Seide.

Sie hat den Stoffbären in ihr eigenes Zimmer gebracht. Er steht auf ihrem Sessel und schaut sie an. Manchmal nimmt sie ihn in die Hand. Er ist lebendig, das weiß sie von Felix. Er sieht nur leblos aus, weil es lebendige Stoffbären nicht gibt. Aber irgendwo ganz tief in seinem Stoffkörper schlägt sein kleines Leben, und vielleicht müßte sie ja einfach die Schere nehmen und den Stoff zerschneiden, und dann findet sie es zwischen dem Stroh: das herzschmale Gold. Doch sie nimmt die Schere nicht, denn das würde ihn kaputtmachen. Sie muß warten, bis er von allein lebendig wird.

Manchmal geht sie in Sophias Zimmer, stellt sich an die Wand, legt ihre Wange an den Riß und flüstert ganz sanft: „Ich weiß, daß du da drin bist, Sophia. Ich warte auf dich."

Jetzt ist Winter, und Sophia ist nicht für immer gegangen, weil sie alles dagelassen hat. Sie hat ihr ganzes Schloß zurückgelassen: ihre Edelsteine, den Teppich aus Zauberdrachenwimpern und alle Kleider bis auf eins. Und eine echte Prinzessin würde ihr Schloß doch nicht einfach aufgeben.

Sie wird zurückkommen, eines Tages im Sommer.

Brit wartet. Sie wartet geduldig, denn wer seine Prinzessin einmal vergessen hatte, muß sehr geduldig sein. Sie wartet auf den Augenblick, an dem das Warten zu Ende sein wird.

Feuer und Flamme

Oder: Die Geschichte, die nicht ins Buch paßt

Vor allem für Jerome

Es passierte an dem Mittwochmorgen nach meiner Hochzeitsnacht.

Ich schlich leise aus dem Bett. Ich wollte nur schnell unter die Dusche huschen und meine Frau Florentine dann mit einem romantischen Frühstück im Bett überraschen.

Noch angenehm erschöpft von der vergangenen Nacht machte ich die Badezimmertür auf, starrte eine Weile verständnislos hinein, machte die Tür wieder zu, zählte bis zehn und öffnete sie wieder.

In meinem Badezimmer stand ein Drache.

Der Drache war blau, kämmte sich gerade seine drei wollig aussehenden, ebenfalls blauen Haare und drehte sich dann zu mir um. Er sah mich irgendwie – begeistert an.

Ich warf die Tür zu und dachte panisch: „Ein Reptil! Ein Reptil!" hörte aber sofort wieder auf, das zu denken, weil mir unwillkürlich Loriots Klavierszene einfiel.

Jacki, sagte ich mir, Jacki, in deinem Bad steht ein blauer Drache und kämmt sich.

Ich war es gewohnt, alle Dinge realistisch anzugehen. Ich dachte an Stadttauben und verirrte Hummeln und sagte mir: Was reinfliegt, fliegt auch wieder raus, und du solltest jetzt nur alle Fenster schön weit aufmachen. Jacki, dachte ich, keine Panik, Jacki, es ist nur ein Drache, und zuallererst mußt du jetzt deine Frau aufwecken, ein bißchen mit ihr schäkern und sie dann von dem Drachen in Kenntnis setzen.

Da ging die Badezimmertür auf, der Drache trat heraus, öffnete die mächtigen Arme und sagte strahlend: „Jacki! Freust du dich denn nicht?“

Ich wich an die gegenüberliegende Wand zurück, lächelte ein, wie ich hoffte, beruhigendes Lächeln und dachte: Ich weiß auch nicht, aber irgendwie hält die Freude sich in Grenzen.

Ich zog es vor, erst mal zu schweigen.

Da runzelte der Drache seine türkisblauen Augenbrauen und sagte vorwurfsvoll: „Jaqueline Anita, ich spreche mit dir!“ und ich zuckte zusammen, weil ich immer zusammenzucke, wenn mich jemand bei meinem vollständigen Namen anspricht.

Wenn man die Geschichte so beginnt, glaubt einem später kein Mensch.

Also fang ich besser noch mal an, und zwar ein paar Wochen vor diesem Mittwochmorgen.

Da war also Florentine, ebenjene, die ich oben erwähnt habe. Und ich war verliebt in Florentine.

Sie war alles zusammen: attraktiv und klug, hatte Humor, kochte besser als ich und fuhr Motorrad. Florentine hatte schönes, blondes Haar, das sie lang trug, und einen tollen Körper.

Wir waren schon vier Monate zusammen, als wir in einem Café auf eine verrückte Idee kamen.

Florentine hatte immer verrückte Ideen, auch deshalb war ich sehr in sie verliebt.

Wir tranken Rotwein, sie erzählte irgendwas, ich hörte gar nicht zu, sondern sah nur verzückt in ihre Augen. Da stellte sie das Glas ab und sagte: „Du denkst wohl, du könntest mich sehen? Was meinst du, was noch alles in mir drin steckt!“

Ihre Stimme war klasse. So eine Mischung aus Mädchenstimme und verrauchter Diva.

„O Mann, Florentine, ich will alle deine Gesichter kennenlernen!“ rief ich laut.

„Dann sollten wir heiraten“, sagte sie lächelnd. „Dann kriegst du alles zu sehen.“

Warum nicht, dachte ich. Ich hatte noch nie geheiratet, und mit Florentine stellte ich mir das ziemlich romantisch vor.

Also hatten wir geheiratet. An einem Dienstag.

Und am Mittwochmorgen stand ein blauer Drache in meinem Badezimmer.

„Wir könnten jetzt was frühstücken, oder?“ sagte der Drache und tapste in die Küche. Ich sah ihm hinterher und dann auf die Kratzspuren, die er auf dem Laminat hinterließ.

In der Küche drehte der Drache den Gasherd an und pustete eine kleine Flamme ins Gas. Dann drehte er sich zu mir um und fragte: „Kaffee oder Tee?“

„Ähm, Kaffee“, sagte ich und dachte: Korn. Ein Doppelkorn wäre eigentlich besser.

Der Drache kochte Kaffee, und ich nahm meinen ganzen Mut zusammen und trat auch in die Küche.

Man muß die Dinge nehmen, wie sie kommen, dachte ich und backte ein paar Brötchen auf. Eins für mich und neun für den Drachen.

„Also, freust du dich?“ fragte der Drache noch einmal, als er dann auf dem Sofa saß, die Beine zierlich übergeschlagen, und an seinem Kaffee nippte. Ich saß ihm gegenüber und bekam keinen Bissen runter.

„Na ja, Drache“, sagte ich vorsichtig. Bloß nichts Falsches sagen, dachte ich, vielleicht waren Drachen leicht reizbar, „wie soll ich's sagen ...“

„Du kannst mich ruhig weiter beim Namen nennen“, sagte der Drache und lachte. Er riß den Rachen auf dabei. Er hatte sieben blaue Zähne, und kleine Rauchwölkchen stiegen aus seinem Maul.

„Ja, Florentine“, sagte ich eilig, „Es ist nur irgendwie so ... ungewohnt für mich.“

„Ach, das legt sich“, sagte der Drache fröhlich und hieb mit einer Kralle recht anmutig ein Loch in ein Tetrapack Milch.

Der Drache hatte die Brötchen noch nicht angerührt. Mir kam ein furchtbarer Gedanke.

„Was fressen … äh … essen Drachen eigentlich?“ fragte ich so beiläufig wie möglich. „Doch nicht etwa …“

„Keine Sorge“, sagte er, „ich bin fast vegetarisch, nur alle vierzehn Tage brauch ich natürlich ’ne Prinzessin.“ Dabei beugte er sich vor, streckte die Pranken nach mir aus, fuhr die Krallen aus und machte: „Buuuuh!“ Dann fing er an zu lachen.

Ich saß stocksteif auf meinem Platz, für Drachenwitze hatte ich in dem Moment wirklich keinen Nerv, aber da streichelte er schon mit der Pranke über meinen Kopf und rollte dann seine blaue Zunge raus. Er legte sich alle neun Brötchen hintereinander auf die Zunge, rollte sie wieder rein, zermalmte den Teig, schluckte einmal und sagte dann schüchtern: „Siehste? Brauchst keine Angst haben.“

Ich wage es fast nicht zu sagen, aber man gewöhnt sich leichter an die unvorstellbaren Sachen als an die vorstellbaren.

Es mußte nur alles ein bißchen umorganisiert werden. Die Wohnung war auf Drachen eben nicht vorbereitet gewesen.

Verliert man auch die Schuhe, so behält man doch die Füße, dachte ich und stellte eine Menge Möbel raus, damit der Drache nicht ständig alles umwarf. Ich stellte die Geranien runter in den Garten, weil der Drache es liebte, ihnen mit einem Haps den Schopf abzubeißen. Er machte das nicht aus Boshaftigkeit, sondern nur so. Er war so leicht für alles zu begeistern, und danach war er immer sehr verlegen.

Der Drache hatte kleine Flügel, die hingen ihm meistens am Rükken runter, aber wenn er aufgeregt war oder ärgerlich, dann standen sie an den Seiten ab, und die zarten azurblauen Federn sträubten sich und drehten sich wie kleine Propeller.

„Kannst du damit eigentlich fliegen?“ fragte ich neugierig.

Der Drache strahlte mich an, zog sein Maul breit und sagte: „Keine Ahnung. Müßte ich mal testen“, hopste dann auf den Balkon, und ehe ich bis drei zählen konnte, war er schon gesprungen. Ich rannte erschrocken zur Brüstung und sah ihn unten liegen. Mitten in den Rosenbeeten. Er rieb sich nachdenklich sein Gesäß, hob dann den Kopf und rief enthusiastisch hoch: „Nei-hein!"

Sämtliche Verabredungen mit Freunden verschob ich erst mal, ohne daß der Drache davon wußte. Aber dann kam er zu mir und sagte bedrückt: „Seit wir verheiratet sind, ruft mich keiner mehr an. Ist das normal? Keiner will sich mit mir treffen. Dabei würde ich so gern tanzen."

Ich sagte ihm, in vier Wochen, da wäre bestimmt alles wieder im Lot, und da würden wir dann tanzen gehen. Damals dachte ich noch, Florentine wäre einfach krank. Eine ziemlich breitgewachsene, beißend riechende und recht schuppige Krankheit zwar, aber eine Krankheit eben. Heilbar. Der Drache strahlte mich an. Kleine Funken sprangen aus seinem Maul, und dann blies er elf heitere hellblaue Rauchkringel in die Luft. Um ihn schnell vom Thema Tanzen abzulenken, fragte ich etwas, was mir schon seit Tagen keine Ruhe ließ: „Sag mal, Florentine, bist du eigentlich noch ein … Mädchen?"

Der Drache sah begeistert an sich runter und sagte dann: „Ich glaube schon." Und dann peitschte er aus Freude ein bißchen mit dem Schwanz und riß die Gardine runter.

Der Drache machte Arbeit. Er schrubbte sich den Rücken an den Schränken und verlor eine Unzahl blauschimmernder Schuppen dabei. Jeden Tag kehrte ich sieben Bleche voll Drachenschuppen zusammen und warf sie ins Klo. Dann stand der Drache betreten neben mir im Bad, sagte: „Tut mir leid, Jacki", und ließ seine kleinen blauen Flügel traurig hängen. Ich dachte, was soll's, fuhr in den Supermarkt und kaufte ein paar Paletten Schuppenshampoo.

Er aß auch viel. Am liebsten mochte er Müsli. Ich kaufte Haferflocken in Säcken, Rosinen in Zehn-Liter-Dosen und getrocknete Früchte vom Großmarkt. Der Drache schüttete alles zusammen, raspelte einige Tafeln Schokolade rein und schüttete einen Eimer Milch dazu. „Flori", sagte ich einmal und knetete nervös die Hände, „du frißt … äh … ißt uns noch die Haare vom Kopf."

„Echt?“ sagte der Drache und schnupperte neugierig an meinem Kopf. Dann schämte er sich und sah auf den Boden. „Aber wenn ich doch Hunger hab.“

Auf der anderen Seite: Wir sparten immerhin Feuerzeuge. Wenn ich eine Zigarette rauchen wollte, hauchte sie der Drache nur einmal ganz sanft an.

Gott sei Dank sind gerade Semesterferien, dachte ich. Der Drache wäre garantiert auf die Idee gekommen, weiterhin zur Uni gehen zu wollen. Jetzt blieb er zu Hause, aber er setzte sich, genau wie Florentine früher, jeden Tag hin, las und arbeitete in den Büchern, recherchierte im Internet, rief in den Bibliotheken an und schrieb stundenlang an seiner Doktorarbeit.

„Flori“, sagte ich eines Abends zu dem Drachen, als er gerade strikkend vor dem Fernseher saß. „Meinst du wirklich, du könntest deine Dissertation vor ... vor ... Menschen verteidigen? Ich meine, so wie du ... jetzt bist?“ Da sah mich der Drache verständnislos an, verzog dann plötzlich das Gesicht zu einem schelmischen Lächeln, faltete die Ohren weit auf. Er klapperte sogar vor Freude mit allen sieben Zähnen und sagte: „Ja, wo lebst du denn, Jacki? Natürlich werde ich meinen Doktor machen! Hier hat doch jeder die gleichen Chancen. Vor allem Drachen!“

Einmal war der Drache traurig.

Ich kam nach Hause, und er saß auf dem Sofa und weinte. Ich rannte rasch in die Küche, um große Tücher und einen Eimer zu holen, und wischte den Boden auf.

„Jacki“, sagte der Drache, „ich glaube, du magst mich nicht mehr.“

O Gott, dachte ich, so hat es kommen müssen. „Aber wie kommst du denn darauf?“

„Du findest mich nicht mehr schön!“ schniefte der Drache.

Meist hatte der Drache eine schöne volle Stimme, so ein bißchen wie dickgewordene Milch. Jetzt klang sie ganz leise, ein schwacher Rauchfaden. Seine Ohren hingen rechts und links an seinem Kopf runter, und ab und zu wischte er sich damit die Tränen ab. Die Ohren tropften das ganze Sofa voll.

„Was für'n Quatsch!" sagte ich und sah auf das weiche Bauchfell, das im Kerzenlicht azurblau flimmerte. Der Drache schniefte wieder und kratzte sich den Bauch.

„Doch, ich spür das, Jacki. Erzähl mir nichts. Seit wir verheiratet sind, willst du nicht mehr … na ja … du willst nicht mehr mit mir schlafen." Der Drache schwieg eine Weile, schniefte nur leise vor sich hin und sah mich schüchtern unter seinen langen Seidenwimpern an. „Dabei hab ich mich doch kaum verändert." Er schluchzte wieder. Über seinen großen feuchten Augen wogten wirklich formvollendete Wimpern, ozeanblau und sanft nach oben gebogen, und jetzt glänzten die Tränen wie aufgefädelte Glasperlen darin. Sogar der schöne schillernde Schwanz sah ganz traurig aus und lag zusammengekringelt unter dem Couchtisch, als wollte er nicht auffallen.

Ich lehnte mich erschüttert in den Sessel zurück. Es stimmte. Florentine hatte sich nicht verändert. Noch immer strickte sie, schrieb an ihrer Arbeit, machte Scherze, backte Kuchen, führte dieselben klugen Gespräche wie früher mit mir. Noch immer hörten wir Deutschlandradio zusammen, stritten oder lachten, machten die Wohnung sauber, und ab und zu bastelte sie unten im Garten an ihrem Motorrad rum. Nur ausgegangen waren wir nicht wieder. Und Sex, den hatte ich mir nicht mehr so richtig vorstellen können.

„Ehrlich, Jacki. Ich bin dieselbe wie vorher. Daran hat die Heirat doch nichts geändert!" Der Drache sah mich aufmerksam an, derselbe Blick, den Florentine immer im Gesicht hatte, wenn es ein Mißverständnis zwischen uns gab. „Oder glaubst du etwa nicht mehr daran, daß alles, was wir sofort sehen können, von kurzer Dauer sein muß? Sich etwas vorzustellen ist doch wichtig, Jacki. Kannst du das denn nicht mehr?" Und dann warf der Drache keck seine drei blauwollenen Haare zurück, ließ sie in der Luft wirbeln, einander umkringeln und schließlich wie drei Grashalme steif vom Kopf abstehen. Er spannte seine Ohren auf und sah aus wie ein Auto, bei dem die Türen sperrangelweit offenstanden. Er klappte die meerblauen Augenlider auf unwiderstehlich kokette Art auf und zu, machte einen Schmollmund, und mein Herz öffnete sich und ich mußte lachen. Ich weiß nicht, was mich solange davon abgehalten hatte, aber ich warf mich dem Drachen in die perlmuttblauen Arme, kraulte seinen weichbehaarten Bauch und ließ mich von ihm hochheben und ins Bett tragen.

Die Situation war trotzdem nicht von Anfang an so einfach, wie es hier scheinen mag.

Der Drache war groß.

Er hatte die ganze Zeit im Wohnzimmer auf dem Boden geschlafen, und jetzt schlief er wieder in unserem gemeinsamen Bett, und seine Beine und der Schwanz hingen hinten über, und ich mußte ihn nachts immer mal wieder zur Seite schieben, weil er sich so breitmachte. Manchmal schnarchte er mir in den Nacken, und der Nakken wurde ganz heiß dabei.

Aber er war sehr zärtlich, und nachdem ich ihm die Nägel geschnitten hatte, tat es auch nicht mehr weh. Wenn er mir nicht gerade die Luft abquetschte, sobald er seine Pranke auf meine Brust legte, war ich glücklich.

Aber wie gesagt, es war nicht alles Friede und Freude.

Jeden Morgen mußte ich die Laken ausschütteln. Der Drache war eben eine haarige Angelegenheit. Von den festgehakten Schuppen überall ganz zu schweigen. Und dann, nun ja, ich wollte eigentlich nicht darüber reden – aber der Drache roch morgens immer so aus dem Fang. Nach alter Asche oder so.

Aber im Grunde waren das Kleinigkeiten, und ich hoffte, mich daran zu gewöhnen.

Nach vier Wochen stand der Drache abends vor mir: die drei Haare gestylt, die Schuppen gebürstet und frisch gewachst, und die Nägel in wunderschönem Lila lackiert. Außerdem drang mir eine betäubende Odolwolke entgegen.

„Tanzen!" brüllte der Drache ekstatisch, und mit Erschrecken erinnerte ich mich an mein Versprechen.

Aber ich wußte, denn das hatte mir meine Mutter eingebleut: Versprechen muß man halten. Also zog ich mich an und verließ das erste Mal mit dem Drachen das Grundstück. Es war dunkel, und auf der Straße waren zum Glück kaum Leute. Die Disko lag gleich um die Ecke, und mir klopfte das Herz bis zum Hals, als wir die Tür öffneten.

Der Drache hielt sich hinter mir und beschnupperte neugierig die Türklinke.

Ich trat zur Kassiererin, zog mein Portemonnaie raus und sagte: „Tja, also: eine Erwachsene. Und dann, äh, ein na ja, ein …"

„Drache", sagte die Frau gleichgültig, „'n blauer", nahm das Geld, stempelte mir die Hand und dem Drachen die Pranke, und dann standen wir in der Disko.

Florentine hatte schon nach ein paar Minuten ihre Freundinnen entdeckt und rannte kreischend auf sie zu. Ebenfalls kreischend rannten die Freundinnen nicht weg, sondern dem Drachen in die Arme. Sie fragten dies und das, schimpften, daß wir uns so lange nicht hätten blicken lassen, und eine boxte dem Drachen liebevoll in die Flanke und sagte zwinkernd: „Na ja, frisch verheiratet, ist ja eigentlich klar." Der Drache zwinkerte begeistert zurück und stieß mit den Wimpern gegen die Diskokugel.

Ich möchte dem geneigten Leser und der geneigten Leserin im folgenden nicht sämtliche Details unseres Ehelebens ausbreiten. Zusammenfassend soviel: Die Hochzeit ist jetzt drei Jahre her.

Florentine hat in der Zwischenzeit ihren Doktor gemacht und hält jetzt Vorlesungen an der Uni. Unser Garten hat ein wenig gelitten, weil Flori noch immer gern in die Baumkronen beißt. Einfach so und um sie ein bißchen zu schütteln. Aber unsere Liebe blüht und gedeiht.

Ich habe meinen alten Seat Marbella verkauft und einen VW-Bus angeschafft, damit sie bequem sitzen kann, wenn wir in Urlaub fahren.

Flori hat immer noch dieselben verrückten Einfälle wie früher. So geht sie jetzt jedes Wochenende als Gogo-Tänzerin ins Fatal. Der Clou ist, daß sie ihre Tanzshow immer mit einer beeindruckenden Feuerspucknummer beendet. Die Leute stehen dann und klatschen, und manchmal kommt einer und flüstert mir ins Ohr: „Mann, hast du ein Glück. So eine Frau. So ein Feuer!" Und dann bin ich ganz stolz.

Florentine überlegt, in die Politik zu gehen, was ich mir bei ihr durchaus vorstellen kann. Sie ist ziemlich tough und hat vor allem dieses besondere Talent, Leute zu begeistern. Allerdings würden wir dann noch weniger Zeit füreinander haben.

Nur einmal, das war kurz nachdem Floris Doktorarbeit in der Wissenschaft anfing, Aufsehen zu erregen, als sie immer öfter zu Konferenzen und Vorträgen eingeladen wurde und ich tagelang allein zu Hause saß, rief ich meinen besten Freund Michael an.

„Sag mal, Micha", sagte ich. „Aber komisch ist es doch schon, oder? So ein Drache als Frau, meine ich."

Da fing er an zu lachen: „Du bist ein Glückspilz, Jacki!" sagte er, „ein Drache ist doch großartig. Stell dir vor, Ralf hat ein Gnu. Und Erdmute lebt mit einem Reh. Das ist so schüchtern, daß es sich manchmal tagelang in der Wäschetruhe versteckt. Und Sybille ist mit einem Nacktmull verheiratet. Ein Nacktmull! Weißt du, wie häßlich die sind?"

Als ich auflegte, saß ich lange erschüttert auf dem Sofa. Ich konnte nicht mal rauchen, weil kein Feuer da war. Ich saß und dachte lange nach.

Womöglich stimmt es wirklich, dachte ich, und Micha hat recht. Womöglich bin ich ein richtiger Glückspilz!

Nichts in ihr

Es hätte mir schon vor Jahrhunderten auffallen müssen.

Es war mehr. Mehr als ein losgelöstes Herzzittern. Mehr als das bloße Enthüllen von Haut. Mehr als nur das Eintauchen in einen fremden Körper.

Jahrhunderte, die ich schweigend hinter ihr hergegangen bin.

„Nichts", hatte sie lachend gesagt, als ich sie am Abend leise angesprochen hatte, das erste Mal seit Jahrhunderten. „Nichts", nachdem wir miteinander getanzt, uns tief in die Augen gesehen und noch auf der Tanzfläche die ersten Küsse getauscht haben. „Nichts", als wir schließlich erschöpft in den Laken lagen, in meiner Wohnung. „Ich glaube an gar nichts!"

Da wußte ich, sie hatte mich vergessen.

Und plötzlich war da die Sehnsucht weiterzugehen. Nicht nur ihre Kleidung zu entfernen, sondern die Körperschichten, Haut um Haut, um hineinzukriechen in sie, meine Finger um ihr Herz zu legen, es meine Handfläche anflattern zu spüren wie einen jungen Vogel.

Später hatte sie neben mir gelegen, schlafend. Ich strich ihr das Haar aus der Stirn. Sie ist nicht aufgewacht. Hauchzarte Fäden im Raum, an denen Seufzer pendelten. Ihre Lippen waren weich. Die erste Nacht mit ihr, und während ich ihren Atemzügen lauschte und ihre Hingabe an den Schlaf beobachtete, hätte es mir doch auffallen müssen: diese gefährliche Ausschließlichkeit, mit der ich seit Jahrhunderten nur sie begehrte, nur sie erkannte, nur sie als einen Teil von mir begreifen wollte.

Da hatte sie die Augen aufgeschlagen und mich angesehen.

„Warum schläfst du nicht? Was willst du von mir?“ hatte sie gefragt und meine Finger abgeschüttelt. Sie hatte mich angesehen mit einem Blick, der alles vereiste: das Licht, die Laken, die Luft. Alles, nur mich nicht.

An meinen Fingerspitzen war ihre Wärme. Ging hinein. Unter die Haut.

„Dein Herz“, hatte ich leise geantwortet.

„Was?“

„Dein Herz“, wiederholte ich, denn ich wußte, wem ich es sagte. „Ich möchte …“, fuhr ich fort, ohne darauf zu achten, daß sie aus dem Bett sprang und ihre Sachen zusammensuchte, „… daß alles, was zwischen uns passiert, für immer ist.“

Da fing sie an zu lachen, schlüpfte in ihre Sachen und zischte: „Nichts, hörst du, nichts wird mich je halten. Nichts kommt mir nahe. Also laß die Finger davon, ich liebe nichts.“

Die Tür klappte. Ich hörte sie durch den Korridor flüchten, die Dielen knarrten. Dann ging sie die Stufen hinab zum Hauseingang, durch die Pfütze im Vorgarten. Hastige Schritte auf dem Asphalt, die bald darauf in den leeren Gassen verhallten. Danach war es still.

Meine Liebe pulsiert hinter geschlossenen Lidern.

Wir sind gemeinsam ausgesandt worden. Sie hat mich vergessen, sie pflegt das Vergessen. Sie läßt alles hinter sich. Orte, Dinge, Herzen. Sie ist jemand, der sich nie umdreht.

Ich aber bin die Trägerin von Erinnerungen.

Ich folge ihr. Sie weiß es nicht, aber wo sie gewesen ist, bin auch ich gewesen. Wenn sie fort war, habe ich mich an ihren Platz im Café gesetzt. Ich habe aus dem Fenster gesehen und alles betrachtet, was auch sie betrachtet haben mußte. Ich war im Laden hinter ihr und habe denselben Wein gekauft. Zu Hause habe ich das Glas gegen das Licht gehalten und ihren Namen in die Luft geflüstert.

„Nichts“, sagte sie, als ich mit beiden Händen ihr Gesicht umfaßte, dieses schöne Gesicht, das zu viele Menschen begehrt haben. „Nichts“, als ich mit den Daumen ihre Brauenbögen nachzeichnete, die ein Glühen überspannten. „Wenn ich gehe, erinnere ich mich an nichts, also häng nicht dein Herz an mich“, als ich ihr Haar berührte, das in meinen Handflächen kämpfte, sich gleichzeitig hingebend und dagegen stemmend.

Ich hatte nicht geantwortet, sah nur in ihre Augen und hoffte, daß sie mich erkennen würde.

Doch sie wandte sich ab, und ein weiteres „Nichts“ erschien, als ich mit dem Finger ihr Kinn anhob, bis meine Lippen ihren so nah waren, daß ihr Atem mich anwehte. Dann lagen die Münder übereinander, und das Wort wanderte von ihrer Zunge auf meine, schlängelte sich an den Spitzen vorbei, und ich schluckte es herunter.

Über Jahrhunderte hinweg habe ich sie gesammelt. Sie fraß die Wege wie ein böses Feuer. Ich bin ihr gefolgt und habe aufgelesen, was sie zurückgelassen hat. Die zerbrochenen Herzen habe ich verbunden. Fremde Münder habe ich geküßt, fremde Augen getrocknet. Was sie zerstört hat, habe ich geheilt, es war der Weg, ihr nahezusein.

„Nichts“, hatte sie gesagt, als wir im Taxi zu mir fuhren. „Ich denke an nichts, wenn ich jemandem in die Nacht folge.“ Ich habe gelächelt.

Manchmal habe ich ihren Weg gekreuzt, wie aus Zufall. Dann hat ihr Auge mich flüchtig gestreift, und meine Haut errötete. Sogar diesen flüchtigen Blick habe ich später von meiner Haut geschält, zusammengefaltet und in meine Erinnerung gebettet. Die Stille zwischen ihren Worten habe ich aufgelesen und auch das verräterische Schimmern in ihren Augen, wenn sie dachte, sie wäre allein. Ihre Bewegungen, die Art, in der sie den Kopf beim Lachen zurückwirft, wie sie die Füße beim Tanzen setzt, wie sie die Hände ineinanderlegt, um eine Verlegenheit zu vertuschen – alles habe ich aufbewahrt in meinen Augen.

Meine Liebe pulsiert hinter geschlossenen Lidern.

Ruhelos ist sie gelaufen, ohne Ziel, ohne Luft zu holen. Ich aber habe ihren Wahnsinn gesehen, wenn sie vor nackten Wänden stand. Ihr vor Zorn verzerrtes Gesicht, wenn jemand sie lieben wollte.

Ihre Flüche habe ich betrachtet und liebkost. Sie ließ Menschen ein und spuckte sie wieder aus. Ihre Kämpfe habe ich beobachtet, und später bin ich über das Schlachtfeld gegangen und habe die Wunden versorgt.

Seit Jahrhunderten gehe ich hinter ihr her. Ich trage ihre Erinnerungen. Alles, was sie für immer verloren glaubt, habe ich aufbewahrt. Eines Tages, das wußte ich, würde ich ihr alles zurückgeben, nur von mir kann sie geliebt werden.

„Nichts kann mich halten“, hat sie geflüstert, als ihre Finger meine Brüste umfaßten. „Nichts mich an sich fesseln“, als meine Zungenspitze ihre Achselhöhle streifte. „Nichts berührt mich wirklich“, hat sie an meinem Ohr gemurmelt, als sie in mir war und mein Atem schneller ging, immer schneller.

Sie hat in mein Haar gegriffen und meinen Kopf zurückgezogen, hat den Mund auf die Ader am Hals gedrückt und mit der Zunge mein Blut schlagen hören. „Nichts“, während ich mich aufbäumte unter ihr und zuckte.

Sie ist gegangen, und ich schließe die Augen. Ich sehe, wie sie durch die Nacht eilt, fort von mir. Ich aber muß ihr hinterhergehen und die Welt wieder aufstellen.

Doch was passiert, wenn ich einfach liegenbleibe? Wenn ich ihren Schritten heute nacht nicht mehr folge. Wenn ich sie einfach gehenlasse.

Sie ist schon weit fort.

Ich liege in der Nacht mit geschlossenen Lidern. Ich lausche. Es wird nicht mehr lange dauern.

Es hätte mir schon vor Jahrhunderten auffallen müssen.

Das hätte meine Angst gelindert.

Denn es ist mehr. Mehr als ein losgelöstes Herzzittern. Mehr als das bloße Enthüllen von Haut. Mehr als nur das Eintauchen in einen fremden Körper.

Das einzige, worauf ich vertrauen muß, ist die Erinnerung, eingeschrieben in die Wölbung ihrer Brüste, über die Linie der Hüften, in die Innenseite ihrer Schenkel. Die Erinnerung, die nicht nur ihre Kleidung entfernen könnte, sondern Körperschichten, Haut um Haut, die Erinnerung, die hineinkriechen könnte in sie. Das Gefühl meiner Finger in ihr, um ihr Herz gelegt, das meine Handfläche anflattert wie ein junger Vogel.

Es wird nicht mehr lange dauern.

Nur wenige Atemzüge noch, bis ihre Schritte aus der Nachtstille auftauchen werden. Ihre Schritte, durch die leeren Gassen, auf dem Asphalt. Zögernd, denn sie kommt nie zurück. Durch die Pfütze unten im Vorgarten, über die Stufen, die zum Hauseingang führen, durch den Korridor, dessen Dielen knarren.

Dann wird die Wohnungstür sich öffnen. Ich aber werde nicht aufsehen. Ich werde daliegen, in den Laken, so wie sie mich zurückgelassen hat, aufgebrochen, angetrunken, allein. Sie wird stehen und mich ansehen. Zögernd, denn sie schaut nie zurück.

Doch heute nacht wird sie mich ansehen, meinen abgewandten Körper, mein abgewandtes Gesicht, mein abgewandtes Herz, und dann wird sie mich erkennen.

Ich werde anfangen zu sprechen, in die andere Richtung, weg von ihr: „Du kommst hierher zurück", werde ich sagen, „aber nichts hast du hier vergessen. Nichts ist hier, was du liebst."

Sie wird schweigen, und ich werde spüren, wie sie näherkommt. Immer näher. Ganz nah.

„Wer bist du?" wird sie flüstern, wenn sie sich neben mich legt, ohne Hast, zum ersten Mal. Ich werde mich umdrehen und ihr in die Augen sagen: „Ich bin nichts."

Biologie

Def.: Das geordnete, komplizierte Zusammenspiel meist organischer chemischer Verbindungen eines offenen Systems mit chemischen und physikalischen Wechselwirkungen auf Dinge außerhalb dieses Systems ist die Voraussetzung für Leben.

Eins: Stoffwechsel

Es gab einen Bären, dort, wo Zelda wohnte, zumindest munkelte man das. Man sprach nur hinter vorgehaltener Hand darüber, um die ohnehin immer seltener kommenden Touristen nicht gänzlich zu verscheuchen.

Dabei war Bad Ulmen früher ein beliebter Luftkurort gewesen. Zahlreiche Cafés hatte es gegeben, und die jetzt vor sich hinstaubenden Schilder in den dunklen Fenstern – „Tanz in den Mai ab 17 Uhr“ oder „Spanferkel vom Spieß“ – zeugten von vergangenem Wohlstand und fettigen Pfannen.

Seit die Autobahn gebaut worden war, ging es mit Bad Ulmen bergab. Tag und Nacht flimmerte die Luft von Autogeräuschen, das

Gras auf den Wiesen war staubig. Es gab sogar Gerüchte, das „Bad“ solle aus dem Namen gestrichen werden, was den endgültigen Niedergang des Kurorts zugleich begründen und schriftlich besiegeln würde.

Der Bär war die größte Attraktion Bad Ulmens gewesen, das Glanzstück des Tierparks, der nach dessen rätselhaftem Verschwinden nur noch eine Handvoll Bergziegen, Esel und ein paar Eulen beherbergte.

Der Bär, so hieß es, hätte sich in den Wald geflüchtet, denn zwei Wochen nach seinem Ausbruch hätten die Waldarbeiter Bärenspuren im Forst entdeckt. Von dem Tier selbst aber war in all der Zeit nie etwas zu sehen oder zu hören gewesen.

Später kaufte man einen Fasan und setzte ihn in den Raubtierkäfig, doch er ging schon nach wenigen Wochen ein, und von da an stand der Käfig leer, nur das Schild davor erzählte noch von wilderen Tagen. Man vergaß den Bären nicht, aber bis zu dem Tag, als die Leiche der Fremden im Wald gefunden wurde, war man davon ausgegangen, daß der Bär in der Freiheit längst verendet war.

„Nein“, erzählte Zelda, „nicht zerstückelt, nicht mal angefressen“, und lächelte. „Es sah gar nicht schlimm aus. Ich hab sogar kurz gedacht, sie würde nur schlafen. Aber es war ja November. Da legt sich keiner zum Schlafen auf den Waldboden.“

Zelda hatte die Tote gefunden. Wenige Schritte von ihrem Haus entfernt.

„Und dann?“

„Keine Spur eines Kampfs. Nur eine einzige Wunde“, sagte Zelda langsam. „Quer über die Brust. Es war kaum Blut ausgetreten.“

Marie saß Zelda gegenüber, in dem Haus im Wald, es war Nachmittag, und die Sonne ging bereits unter. Sie nahm noch einen Schluck von dem heißen, bitteren Kakao und wickelte sich tiefer in ihre Stola, bei Zelda war ihr immer ein bißchen zu kalt. Es lag nicht am Heizen. Zelda hatte sogar einen offenen Kamin, doch die Fenster waren undicht und klapperten, auch die Türen hatten Ritzen, durch die die feuchte Waldluft hereindrang.

„Und“, sagte Marie, „haben Sie keine Angst hier, seitdem?“

„Wieso?“ fragte Zelda und lachte.

Marie war Lehrerin in Bad Ulmen, und die Nachricht von der Leiche im Wald hatte sie wie alle anderen Dorfbewohner entsetzt aufgenommen.

Es war eine Sensation. Abgesehen von einem Unfalltod durch Ertrinken, der allerdings schon zehn Jahre zurücklag, und einer Brandstiftung in einer der leerstehenden Scheunen am Dorfrand war in Bad Ulmen noch nie etwas passiert. Dennoch ging niemand auf Maries zaghafte Versuche ein, ausführlicher über das Geschehene zu sprechen. Niemand außer Zelda. Die Dörfler drehten sich schnell weg, wenn Marie davon anfangen wollte.

Selbst die Lokalzeitung hatte den Vorfall nur als kurzen Vermerk gedruckt, danach war nie wieder etwas davon zu lesen.

Die auswärtigen Journalisten fielen in Bad Ulmen ein. Sie kamen in glänzenden PKWs, mieteten sich in den zwei verbliebenen Pensionen ein und sprachen jeden auf das Unglück an. Doch während Marie die ganze Szenerie im Wald in erschreckender Deutlichkeit vor sich sah, schienen alle anderen ihr Gedächtnis verloren zu haben. Mit großen Augen hatten sie in die Kameras gestarrt und nur einsilbig auf die Fragen geantwortet.

Marie hatte schon immer eine lebhafte Phantasie gehabt. Deshalb war sie, solange die Journalisten das Dorf durchstreiften, in ihrem Haus geblieben, im Gegensatz zu den anderen Bewohnern, die die Fremden argwöhnisch beobachteten und sich wie aus Zufall immer in der Nähe der Pensionen herumtrieben.

„Ich meine, wo es doch so nah von hier passiert ist", sagte Marie und sah kurz aus Zeldas Fenster. Die Schatten wurden länger, und bis zur Straße war es einen Kilometer durch den Wald.

„Er kommt nur im Dunkeln raus, und ich gehe niemals nachts aus dem Haus", sagte Zelda. „Ich leb hier nicht weniger sicher als alle anderen."

Wer die Tote gewesen ist, hatte man bis heute nicht herausgefunden. Zumindest hatte in den Zeitungen nichts darüber gestanden.

Marie sah auf die Uhr, seufzte und stand auf. In einer Stunde würde Karl nach Hause kommen, und sie mußte noch kochen.

„Bis bald", sagte sie an der Tür. Zelda sagte nichts, sah nur lächelnd ins Feuer.

Als sie zu Hause ankam, lag Jenny auf der Couch und zappte durchs Fernsehprogramm. Der Tisch war mit Kartoffelchips übersät. In der Küche stand noch der Abwasch vom Vortag.

Jenny war sechzehn, und seit einiger Zeit gab es nur noch Streit. Marie wußte nichts mehr mit ihrer Tochter zu besprechen. Entweder beachtete Jenny sie gar nicht oder warf ihr an den Kopf: „Ich hab meine Tasse doch abgewaschen!"

Als Marie ins Zimmer kam, schaute Jenny hoch. Sie sah angespannt aus, eine leichte Röte auf ihrer Stirn, als würde sie etwas Bestimmtes von Marie erwarten.

Einmal hatte sie sich vor Jenny hingestellt, die Arme in die Hüften gestemmt, eine Geste, bei der Marie im selben Moment auffiel, daß sie sie nicht leiden konnte, und hatte gesagt: „Jetzt hör mal zu, niemand hier hat nur Rechte. Auch du nicht." Aber Jenny hatte Kaugummi gekaut und durch Marie hindurchgesehen. Dann hatte sie nach einer Illustrierten gegriffen und angefangen, darin zu blättern.

Da war etwas in Marie gefahren, in die Knochen und die Muskeln, so als wäre sie, Marie, eine Hülle, die sich beliebig mit Affekt füllen ließ. Sie war auf ihre Tochter zugesprungen, hatte ihr die Zeitschrift aus der Hand gezerrt und sie geohrfeigt. Rechts, links und wieder rechts. Jenny hatte sich nicht gewehrt, nichts gesagt, hatte nur die Augen aufgerissen und Marie fassungslos angeschaut. Marie hatte augenblicklich aufgehört, der Schreck war ihr heiß bis in die Fingerspitzen gefahren, und sie hatte kurz aufgewimmert und dann das Gesicht ihrer Tochter mit beiden Händen umfaßt.

Bis sie deren Hände um ihre Gelenke spürte.

Sie hatten sich eine endlose Sekunde lang angesehen, Jenny und Marie, und Jenny sah plötzlich wieder so aus wie als kleines Mädchen, wenn sie hingefallen und der Schmerz noch gar nicht bis zu ihr durchgedrungen war. Eine tiefe Verwunderung in ihrem Gesicht, bereit, sich an den Rändern in Tränen aufzulösen.

Dann aber war Jenny aufgesprungen, hatte Marie an die Wand gestoßen und ihr beide Arme gegen die Rauhfasertapete gedrückt. Sie hatte ihr Gesicht ganz nah an das von Marie gebracht, und Marie hatte plötzlich Angst bekommen. Angst vor ihrer Tochter.

„Du hörst jetzt mal auf, ja?“ hatte Jenny geflüstert. Sie hielt Maries Gelenke umklammert. „Es reicht, hörst du. Mir reicht es jetzt langsam!“

Marie hatte auf den kirschroten Mund ihrer Tochter gestarrt, perfekt umrandet, und da hatte sie gewußt, sie hatte kein kleines Mädchen mehr.

Marie machte den Abwasch schweigend.

Sie sah durch die Durchreiche, wie Jenny sich das Telefon angelte, wie sie anfing, mit einer Freundin zu reden, die Beine hingen über die Lehne des Sofas. Marie hörte die gedehnte, lustlose Stimme ihrer Tochter, dann das kurze, schrille Lachen, alles durchzuckt von Musikfetzen aus dem Fernseher.

Das ist nicht meine Tochter, dachte sie.

Ich bin nicht ihre Mutter.

Sie dachte es mechanisch, ein fremdes Staccato in ihrem Kopf. Sie warf das Besteck in den Kasten, um es zu übertönen, aber es ging nicht weg.

Ich gehöre hier nicht her.

Sie ließ das Geschirrtuch fallen und griff sich an die Schläfen.

Karl fand nichts Besonderes an Jennys Verhalten. Er ging gar nicht darauf ein, als sie ihn am Abend vor dem Fernseher auf die Löcher in Jennys Jeans ansprach. Er schaute auf den Bildschirm und sagte freundlich: „Wir waren doch auch so.“

Marie hatte bestürzt geschwiegen, das Hämmern in ihrem Kopf war rabiat und zornig.

Und du bist auch nicht mein Mann.

In das Staccato schoben sich Erinnerungsfetzen, wie sie selbst sich immer auf dem Schulklo geschminkt und die Farbe dann am Nachmittag, auf dem Weg nach Hause, wieder abgewischt hatte.

Es war ihre Erinnerung, und sie kam sich das erste Mal austauschbar vor.

Etwas wollte ihren Kopf zurück zum Fernseher lenken, aber sie fühlte, wie sie sich dagegenstemmte und Karl von der Seite anstarrte, seinen Hals, die sich lichtende Schläfenpartie, den weichen Mund und den Leberfleck an der Wange, sie schaute mit allen Kräften, und er bemerkte es nicht. Das ist keine Maske, wußte Marie, doch das Wissen beruhigte sie nicht. Sie hatte mit diesem Mann siebzehn Jahre ihres Lebens verbracht, sie mußte ihn kennen, und sie kannte ihn auch. Es gab eine gemeinsame Vergangenheit, aber dazwischen hämmerte die unerklärliche Ahnung, daß nichts davon wahr war.

Drei: Bewegung

Marie kannte Zelda aus der Dorfbibliothek, die hatte einen Tag in der Woche geöffnet.

Genau wie Marie saß auch Zelda jeden Mittwoch an einem der niedrigen Tische mit der gesprungenen Plastikbeschichtung, las und machte Notizen. Sie hatten nie miteinander gesprochen. Seit Jahren gab es die stillschweigende Übereinkunft im Dorf, Zelda in Ruhe zu lassen.

Zelda hatte nicht immer im Dorf gelebt. Eines Nachts war sie hier angekommen, in einem klapprigen Renault, hatte am nächsten Morgen das Haus im Wald gekauft und lebte seitdem ganz für sich.

Bis auf ihre Zurückgezogenheit war nichts an ihr bemerkenswert. Sie lebte unauffällig und bescheiden, hatte sich nie etwas zuschulden kommen lassen. Doch obwohl Zelda genau wie alle anderen an den Dorffesten teilnahm, großzügig für das neue Dach der Kirche gespendet hatte und sogar Kuchen für das Erntedankfest backte, hielt man sich von ihr fern. Niemand war unfreundlich zu ihr, im Gegenteil, Marie hatte es genau beobachtet: Wenn Zelda im Dorfkonsum einkaufte, ließ man sie an der Kasse vor, lächelte gutmütig, hielt sich aber mit neugierigen Fragen zurück.

Manchmal hatte sie den Verdacht, daß die anderen ihr, Marie, etwas Wichtiges verheimlichten, daß sogar Karl und Jenny an dem stillen Komplott mitwirkten. Sie spürte, daß die Dörfler einmal einen heimlichen Beschluß über Zelda gefaßt haben mußten, und Marie war aus irgendeinem Grund nicht eingeweiht worden.

Im Dorf wußte man, daß Zelda Schriftstellerin war. Sie hatte, bevor sie nach Bad Ulmen kam, einen skandalösen Bestseller geschrieben und lebte von den Tantiemen. Nach dem Erfolg hatte sie sich hierher zurückgezogen.

Woher diese Sicherheit über Zeldas Vergangenheit kam, war unerklärlich. Zelda hatte nie darüber geredet, niemand hatte das Buch gelesen, und Zeldas Gesicht war auch keinem im Dorf bekannt gewesen. Sogar ihr nicht, Marie. Dennoch waren sich alle Dorfbewohner von Anfang an einig: Zelda war Schriftstellerin.

Seit dem Todesfall im Wald fragte sich Marie, warum es diese dumpfe Gewißheit über Zelda gab. Wieso sie bei allen, auch bei ihr, sofort dagewesen war. Weshalb niemand in all den Jahren daran gezweifelt hatte. Das erschreckte sie jetzt manchmal.

Ganz Bad Ulmen, das wußte Marie, betrachtete die Anwesenheit einer bedeutenden Schriftstellerin als ein großes Glück. Seit Jahren nährte sich die Hoffnung, es möge ein neuer Roman in jenem kleinen Waldhaus entstehen, nicht minder skandalös als der vorangegangene. Bad Ulmen würde über Nacht ein kultureller Brennpunkt des Landes werden, und das Dorf wäre wieder ganz Glanz und Glück, so wie in vergangenen Zeiten.

Vier: Fortpflanzung

Seitdem die Leiche im Wald gefunden worden war, war etwas in Marie vorgegangen. Sie konnte es nicht in Worte fassen, hatte nur das Gefühl, etwas verändern zu müssen.

Nachts träumte sie von Moos, das aus der Erde brach und das Dorf überwuchs, ein dichter gelbbrauner Teppich über Straßen und Häusern. Er rollte Park und See ein, stieg die Laternen hoch und wickelte sich um das Licht.

Dann schreckte sie hoch, es war Nacht und das Fenster geöffnet. Sie hörte die Autobahn in der Ferne summen. Sie vermißte das Geräusch der Grillen. Karl schlief, und Marie lag mit offenen Augen und fragte sich, wie lange es dauerte, bis ein Dorf zugrunde ging.

Zuerst hatte sie angefangen, die Zeit zu messen, die sie morgens mit dem Rad von zu Hause bis zum Schulhof brauchte.

Drei Minuten.

Aus irgendeinem Grund war sie darüber verärgert. Seit Jahren fuhr sie um sieben Uhr von zu Hause los und war viel zu früh im Klassenzimmer, der Unterricht begann Viertel vor acht. Sie wollte gern schneller fahren, riskanter, aber die Strecke erforderte nichts. Sie führte über die Hauptstraße, an der Kirche und am Sportplatz vorüber, und dann war Marie schon da.

Dort, wo sie wohnte, war der Wald nicht zu sehen. Es fiel ihr erst jetzt auf, und in dem Gedanken lag etwas Grausames, das sie nicht ausdrücken konnte.

Nach der tödlichen Tragödie hatte Marie angefangen, „Guten Tag" zu sagen, wenn sie sich in der Bibliothek an den Tisch neben Zelda setzte, und Zelda hatte den Kopf gehoben und an ihr vorbeigesehen. Nichts sonst.

Da hatte Marie sich das erste Mal gefragt, ob es womöglich ihr Schicksal war, jeden Morgen um sieben Uhr erst an der Kirche und dann am Sportplatz vorbeizufahren. Ob sie für immer dafür bestimmt war, Kinder zu unterrichten, die sich nicht für Biologie interessierten, die Marie nicht folgen konnten, wenn sie nach den Merkmalen des Lebens fragte.

Sie dachte, es läge daran, daß die Schule nur engstirnige Kinder zurückbehalten hatte, während alle aufgeweckten, interessanten ins städtische Gymnasium fuhren. Maries Schüler lachten, als hätte Marie etwas Unanständiges gefragt, oder sie behandelten sie wie Luft. Wenn sie Glück hatte, zählte ihr einer die Merkmale des Lebens auf, und Marie nickte dann freundlich bei jedem einzelnen. Doch obwohl sie wußte, daß es nicht mehr als fünf Merkmale gab, hatte sie seit kurzem das Gefühl, es würde etwas fehlen.

Sie schlief mehr als sonst, das Moos kam und stieg, und manchmal, kurz vor dem Aufwachen, hörte sie einen dünnen Schrei, dann das Knurren eines Tiers. Sie erwachte schwitzend und spürte ihr Herz, dicht unter der Haut.

Eines Tages hatte Marie beschlossen, einen Umweg zu fahren. Hatte den Pfad in den Wald eingeschlagen, war den Forstweg entlanggeradelt und brauchte plötzlich zwanzig Minuten bis zur Schule. Sie hatte kräftig in die Pedale getreten, bis sie ins Schwitzen kam, und als sie an Zeldas Haus vorbeikam, hatte sie versucht, besonders schnell zu sein.

Sie war außer Atem auf dem Schulhof angekommen, mit roten Wangen und erhitzt. Sie hatte niemandem von dem Umweg erzählt, hatte das Rad wie immer in den Schuppen gestellt und fühlte sich glücklich und aufgeregt, wie jemand, der etwas zu verbergen hat.

„Und wie sah sie aus?" fragte Marie.

Sie saß wieder auf dem wackeligen Holzstuhl, dessen Lehne ihr immer in den Rücken schnitt, aber Zelda hielt es nie für nötig, ihr einen bequemeren Stuhl anzubieten, geschweige denn, ihren eigenen Platz auf dem weichen Sofa zu räumen.

„Sie war schön", sagte Zelda, „die Augen waren grün."

Marie wußte das alles. Zelda hatte es oft erzählt. Dennoch bekam Marie nicht genug davon. Sie wußte, daß Zelda der Toten die Lider geschlossen hatte. „Es muß ganz kurz vorher passiert sein. Ich hab ihr mit der Taschenlampe ins Gesicht geleuchtet, und es lag noch kein Schleier über ihrer Iris. Im Gegenteil ...", sagte Zelda, „... ich hatte das Gefühl, sie würde mich anschauen und mir noch etwas ... sagen wollen. Etwas ..."

„Ja?" fragte Marie und beugte sich erregt nach vorn.

„Etwas ... sehr Schönes", sagte Zelda leise und hob plötzlich den Kopf. Sie sah Marie direkt an. Das passierte das erste Mal seit dem Tag, als Marie an Zeldas Tür gehämmert hatte. Marie zuckte vor Zeldas Blick zurück.

Das erste Mal seit jenem Anfang fiel ihr auf, daß es kein Zufall sein könnte, daß sie mitten im Wald in einem baufälligen Haus bei dieser sonderbaren Frau saß.

Marie hatte sich angewöhnt, auch den Rückweg durch den Wald zu nehmen. Und einmal, als sie wie immer an Zeldas Haus zur Höchstgeschwindigkeit ansetzte, hatte sie den Lenker herumgerissen, war den Pfad bis zur Haustür hochgerast, sie hatte bis zum Schluß wie eine Verrückte in die Pedale getreten, und dann hatte sie nicht gebremst, sondern war einfach abgesprungen. Das Rad hatte es quer gegen die Hausmauer geschleudert, aber Marie war es egal gewesen. Da war etwas Fremdes in ihr, und sie hatte gestanden, außer Atem, und noch ehe sie einen klaren Gedanken fassen konnte, hatte sie schon die Hand gehoben, um hart und laut gegen die Tür zu hämmern.

„Und dann ...", sagte Zelda, „hab ich sie hochgehoben. Sie konnte ja nicht da draußen liegenbleiben. Schließlich war Nacht, und das Tier hätte zurückkommen können." Sie sah Marie noch immer direkt an.

Marie schluckte. Ihr Herz schlug schnell.

„Aber sie muß doch schwer gewesen sein", sagte sie stockend.

„Nein", sagte Zelda. „Sie war ganz leicht."

Als Zelda die Tür aufgemacht hatte, an jenem Nachmittag, war Marie nicht verlegen gewesen. Sie war einfach an Zelda vorbei ins Haus gegangen. Sie hatte in dem kleinen, unordentlichen Zimmer gestanden, sich umgeschaut und dabei nervös vor sich hingeflüstert: ‚Stoffwechsel ... Wachstum ... Bewegung ... Fortpflanzung ... Atmung.' Etwas fehlte. Sie hatte aus dem Fenster gesehen, wie Zelda sich zu ihrem Rad hinunterbeugte, es aufhob und den Lenker geradebog.

Dann war Zelda reingekommen, hatte auf den unbequemen Stuhl gewiesen und ihr einen Kakao angeboten. Der Kakao war bitter, doch Marie hatte sich nicht getraut, nach Zucker zu fragen.

„Wundern Sie sich denn gar nicht, warum ich hier bin?" hatte sie gefragt, und Zelda hatte sie nur ernst angesehen und gesagt: „Nein, Sie werden schon wissen, warum Sie hier sind."

Fünf: Atmung

Marie fuhr nicht gleich nach Hause.

Sie war erschrocken, weil es ihren Gewohnheiten widersprach. Normalerweise würde sie um diese Zeit zu Hause sitzen und den Unterricht vorbereiten. Außerdem schätzte sie es nicht, mit dem Rad durch den Wald zu fahren. Jedes Mal, wenn sie über Tannenzapfen oder herabgefallene Äste fuhr, holperte es schmerzhaft. Wenn sie einen Ausflug mit der Familie machten, zog Marie schon immer befestigte Radwege vor. Sie hatte noch Bügelwäsche zu Hause, und warum streifte sie jetzt durch den Wald und bog in enge, verwilderte Wege ein, die sie noch nie gesehen hatte? Sie ließ das Licht aus, fuhr durch die dunkler werdenden Schatten und stellte sich vor, es wären Löcher. Sie hielt ihr nacktes Gesicht in die Luft und lenkte mit geschlossenen Lidern weiter, zählte bis zehn dabei und fuhr sich mit der Zunge hastig über die heißen, trockenen Lippen. Dann machte sie die Augen wieder auf, riß den Lenker herum und preschte den Weg zur Straße zurück.

Als sie ankam, war Karl schon zu Hause, und Jenny hatte gekocht. Jenny würde nie kochen, wenn Marie sie darum bitten würde, das wußte Marie. Jetzt aber stand der Eintopf wie ein Vorwurf auf dem Herd, und die beiden waren schon fertig mit Essen und saßen gemeinsam vor dem Fernseher. Am Montagabend gab es immer Bohneneintopf. Der Anblick der Bohnen quälte sie.

Ich mag Bohnen nicht, dachte Marie.

Doch, natürlich mag sie Bohnen, sie hat Bohnen von jeher gemocht, sonst würde sie nicht seit Jahren Bohneneintopf kochen. Sie war noch immer erhitzt und kam sich schuldig vor. Beide sagten nichts, als sie mit einem Teller aus der Küche kam und sich zu ihnen setzte. Aber sie sahen hoch. Da war etwas Lauerndes in ihren Blikken. Als ob sie auf etwas warten würden.

Ich bin gar nicht hier.

Marie fühlte sich verwirrt und unbehaglich, und als sie dann anfing, leise das Essen zu loben, sah sie, wie ihre Tochter den Mund verzog.

Alles war normal. Eine normale Familie. Jenny war sechzehn, und Marie war früher auch so gewesen.

Sie ging früh ins Bett und gab vor zu schlafen, als Karl sich später zu ihr legte.

Sechs: …

„Und Sie hatten keine Angst?" fragte Marie und nippte an ihrem Kakao.

Sie fragte nie nach etwas anderem als nach der Toten. Seit Wochen stellte sie dieselben Fragen, und Zelda gab immer dieselben Antworten. Dennoch wurde Marie nicht müde, ihr zuzuhören, spürte, wie ihr Herz anfing, wild zu pochen, wie sie immer aufgeregter wurde und an den Lippen dieser Frau hing, die Marie nicht ansah, sondern in die Flammen des Kamins blickte.

„Wieso Angst?" sagte Zelda. „Ich hab sie in ihren Mantel gewikkelt und hierhergebracht. Es hätte ihr nichts passieren können."

So hab ich das nicht gemeint, dachte Marie erschrocken.

„Ich meine ... später. Haben Sie denn keine Angst gehabt, danach ... so allein, hier?"

„Ich gehe nie nachts aus dem Haus. Ich bin hier sicher."

Irgendwas stimmt nicht, überlegte Marie.

Ihre Lippen fühlten sich hart an, sie war aufgewühlt. Sogar ihre Kopfhaut schien zu stark gespannt, und warum sah Zelda nicht mal hoch, dachte sie und spürte, wie ein heftiger Zorn über sie kam.

„Und sie war ... tot?"

Ihre Stimme klang zu grell. Nein, das war nicht Zorn, dachte sie bitter, das war Haß. Gegen diesen Blick, der sich nicht auf sie richtete.

„Tot", sagte Zelda und stand auf.

Da fiel Marie auf, daß sie zu lange geblieben war. Sie sah auf ihre Uhr und erschrak. Sie würde nicht rechtzeitig zu Hause sein. Sie stellte die Tasse auf dem Tisch ab und sah sich um. Wie klein dieses Zimmer war. Und wie unordentlich. Die Tapete war alt, hatte Wasserflecken, eine Enttäuschung. Auf dem Tisch standen benutzte Gläser, auch der Teppich sah fleckig aus.

„Und wie ist sie ... gestorben?" fragte Marie und sah zu Zelda hoch, die jetzt vor ihr stand.

„Sie hatte eine Wunde", sagte Zelda. „Hier", und strich ganz kurz über Maries Brust. Dann richtete sie sich wieder auf und sah auf etwas hinter Marie. Es war dunkel geworden, und Marie hörte, wie die Bäume rauschten. Ihr Mund war trocken, sie wollte nach dem Kakao greifen, aber Zelda stand im Weg.

An irgendwas konnte sie sich gerade nicht erinnern.

Marie stand abrupt auf, ging um den Tisch zum Fenster und sah hinaus. Sie würde noch einen Kilometer durch den Wald fahren müssen, und heute morgen hatte sie festgestellt, daß der Draht an ihrem Dynamo zerrissen war. Sie hatte einen der Schüler im Verdacht.

„Und dann", sagte Marie und spürte, wie ihr Kopf zu schwimmen begann, als würde die Dunkelheit auf ihn übergreifen, „dann haben Sie sie ..."

„... ins Haus gebracht", sagte Zelda in ihrem Rücken, und Marie fuhr herum. Zelda stand direkt vor ihr, den Blick über sie aus dem Fenster gerichtet, und Marie sah das Haar an ihrer Schläfe, dicht und dunkel. Der Kragen ihres Hemds war nicht sauber. Marie fühlte sich fiebrig, ihr Körper erschöpft, wie von innen wund. Zeldas oberster Hemdknopf war abgerissen, und sie konnte die Schlüsselbeine sehen. Marie atmete, dann wich sie nach links zum Sofa aus und zeigte erregt auf das zerschlissene Polster: „Und hier … hier haben Sie sie hingelegt …"

Es kam keine Antwort, und Marie drehte sich um. Zelda stand noch immer am Fenster. Sie lächelte nicht, sah Marie nur sehr aufmerksam an. Ihre Augen waren schmal. Marie hatte einen jähen, hysterischen Gedanken, aber sie konnte ihn nicht fassen. Sie schwankte und stützte sich mit der Hand aufs Sofa. Ein Gedanke, der herausdrängen wollte, und es stach in den Schläfen. Irgendwas, dachte sie, irgendwas hatte sie vergessen. Irgendwas stimmte nicht. Zelda war schon da, neben ihr, griff nach ihrem Arm, zog ihn weg. Langsam. „Nein … hier …", sagte sie leise an Maries Ohr, und Marie spürte das Polster im Rücken. Ihr war nicht gut, schwindelig, die Lippen wie aufgesprungen.

Ich gehöre Ihnen nicht.

Sie ließ die Finger über den dünngewetzten Stoff gehen. Sie saß auf demselben Polster, auf dem eine Tote gelegen hatte, eine Tote direkt vor der Haustür und ein wildes Tier, und im Grunde war es doch eine wunderbare Geschichte, warum schrieb Zelda sie nicht einfach auf, „… und sie war ganz leicht gewesen …", flüsterte Marie und spürte, daß es ihr gleich einfiel, der Gedanke war ganz nah, und warum war der Bärenkäfig damals nicht ramponiert gewesen, es gab keine Biß- oder Kratzspuren an der Tür, so als hätte der Bär die Tür einfach aufgeschlossen, und alle schwiegen beharrlich über dieses winzige Detail, „… ja, ihr Mantel war schwerer als sie …", sagte Zelda und knöpfte Maries Bluse auf, und Marie spürte, wie ihr Herz flatterte, dünn und spitz, in den Schläfen, den Fingern, sogar in den Lippen, als wäre sie davon befallen, von diesem Flattern, und sie preßte die Lippen ganz fest zusammen und dachte, ‚sie verführt mich ja. Sie verführt mich mit der Geschichte einer getöteten Frau', und plötzlich sah sie sich selbst, wie sie in der gestrigen Nacht den Draht des Dynamos durchgerissen hatte, „… und diese Verletzung, die war … war …", sagte Marie und schluckte, und da lebte Zelda seit Jahren hier und wußte wahrscheinlich gar nicht, welche Hoffnungen man in sie setzte, „… genau hier …", sagte Zelda, und Marie spürte die Hände, wie sie über ihre Brust strichen, und sah Zelda in die Augen, so schwarze Augen, und sie gingen an ihr vorbei ins Leere, und sie sah, wie benutzt dieses Gesicht aussah, wie eckig das Kinn, und sonderbar, wie unbeholfen und befangen sie sich auf einmal fühlte, sie, Marie, wie mädchenhaft auch, voller Scham, und Zelda lebte seit Jahren in diesem Kaff, wie sollte einem da auch ein skandalöser Roman einfallen, dachte sie, wenn sich nie was ereignete, da mußte doch endlich mal was passieren, sonst – „… und kein Blut?", sonst würde das ganze Dorf einfach zugrunde gehen, aber warum hatten sie Marie nicht in alles eingeweiht. „Kein Blut …", sagte Zelda, und die Leiche hatte wie ein Geschenk vor der Tür gelegen, „… weder hier … noch … hier", und plötzlich kannte Marie alles, die ganze Geschichte, wußte, daß der Bär überhaupt keine Rolle spielte, nie wichtig gewesen, nur Ablenkung war, wußte, daß man sie ausgeschlossen hatte von den Vorbereitungen zu einem Mord, und sie, Marie, war die einzige, die nichts wußte, nicht, was hinter diesen Wänden geschrieben wurde, und nicht, was nicht geschrieben wurde, doch irgendwas fehlte, etwas stimmte trotzdem nicht, und im selben Moment sagte Zelda dicht an ihrem Mund: „Und was, wenn Sie sich irren, Marie … und alles würde erst recht ganz anders angefangen haben?"

Und da fiel Marie ein, daß sie Zelda nie gefragt hatte, warum sie in jener Nacht in den Wald gegangen war. Zelda war zu nah, und Marie spürte ihr Herz wie von allzuviel Leben hämmern.

Ich weiß es, dachte sie glücklich.

Ich bin die einzige von allen, die es weiß.

Sie hatte immer geahnt, daß das sechste Merkmal fehlte.

Zarte Blüten

„Stell dir vor: eine Frau. Sie kommt immer allein in die Bar. Setzt sich auf einen der hohen Hocker, mit Blick auf die Tür. Und sie wartet. Langsam lösen sich ihre Zigaretten in Rauch auf. Sie wartet jeden Abend. Blicke und Fragen beachtet sie nicht. Sie sieht nicht mal auf, ihre Augen gehören der Tür. Der Barkeeper schweigt dazu."

Das waren die ersten Worte. Ich dachte, es sei Zufall. Ich drehte mich nicht um.

Vor mir hing eine Auswahl von Tapeten, darunter diese eine mit dem zarten Blütenmuster, und ich versuchte mir gerade vorzustellen, wie es wohl an meinen Wänden aussehen mochte. Doch dann kam diese Stimme dazwischen. Zwischen die zarten Blüten und mich. Eine dunkle Stimme. Ich war nicht überrascht. Ich wußte: Diese Stimme meinte mich und niemanden sonst.

„Sie wartet?" fragte ich und nahm die Augen nicht von den zarten Blüten.

„Sie wartet", sagte eine andere Stimme, ohne den Tonfall zu ändern. „Und die Nacht verrinnt dabei in den Uhren. Tausend Zigaretten und tausend Gläser Wein lang wartet sie. Doch ihre Verabredung kommt nicht."

Da hob ich den Blick.

Und mein Herz setzte aus.

„So furchtbar lange?“ flüsterte ich. „Und zurückgeblieben ist nichts …“

„… als ihr Lippenstift am Glas“, beendete die zweite Stimme den Satz.

Und mein Herz setzte wieder ein.

Zwei Augenpaare lagen auf mir. Ein Lächeln. Und dann das Schweigen, das aufstieg wie ein Duft. Und wieder sank. Bis ins Herz. Ein Schweigen, das die tieferen Bedeutungen erst bloßlegte. Ich lächelte zurück und fuhr mir dabei mit der Hand durchs Haar.

Ich ahnte: Dies war der Anfang von irgend etwas, aber ich wußte nicht, wovon.

Zarte Blüten.

Zarte Blüten verstreut in den Vorhängen. Eingewebt in den Teppichen. Gemalt auf den Tapeten. Zarte Blüten, die man erst bemerkte, wenn man genau hinsah. Frühlingswohnung.

In der Wohnung hatte jede ein Zimmer für sich. Drei Frauen. Ein Leben. Und die Liebe.

Wir hatten das Geschäft gemeinsam verlassen. Es war früher März und kühl, aber in der Luft lag schon die Ahnung von üppig blühenden Apfelbäumen, zartrosa Pfirsichblüten, von Kirschbäumen, über und über weiß.

Doch noch waren die Knospen geschlossen, die Luft still von fehlenden Faltern. Wir gingen in ein Café. Wir lachten viel an diesem Nachmittag.

Wir tranken öfter Kaffee danach. Wir lachten noch mehr. Es war Frühling. Wir begannen, Blicke und Küsse zu verlieren. Und wieder aufzuheben. Und wieder zu verlieren. Das alte, neue Spiel. Es war von Anfang an entschieden.

Ich zog in die Wohnung. Und dort ging das Schweigen auf. Wir lebten davon. Ein zartes, verwundbares Schweigen, das hinter den Lippen rankte und wisperte.

Jetzt hängen die Vorhänge verblüht vor den Fenstern.

Dies ist meine Wohnung mit nur einem Raum, mein einzelnes Leben, ich.

Ich wohne schon lange nicht mehr bei ihnen.

Ich werde jetzt alles aussprechen. Es ist zu spät, jetzt darf ich es. Ich habe nichts mehr zu verlieren. Nur die Worte, die mir aus dem Mund fallen. Auf den Boden. Und dann liegt es vor mir, mein ausgesprochenes Leben. Ich werde daraufblicken, und ich werde mich nicht erkennen.

Wenn du von uns weggegangen bist, Lena, noch in der Nacht, weil dein Zug zur Lehrerweiterbildung schon um fünf Uhr morgens abfuhr, dann ging immer ein Stück von mir mit. Ich lag neben Berit und lauschte darauf, wie du den Wecker noch vor dem Klingeln ausgemacht und dich leise erhoben hast, und ich erhob mich mit dir. Ich hörte, wie du zur Tür geschlichen bist und sie hinter dir geschlossen hast, und ich schloß sie mit dir. Die Dielen knarrten im Hausflur, und meine Füße liefen dicht neben dir. Nach Minuten brummte der Motor deines Wagens auf, und wir fuhren fort.

Doch sobald alle Geräusche verstummt waren, schleuderte es mich zurück in die Laken, in die warme Nacht, neben Berit. Und die ganze Welt schwankte.

Als würde ich mit euch in einem Boot wohnen. Wenn ein Körper ins Wasser springt, dann bebt das Boot noch lange Zeit nach.

Wir waren nur mehr zu zweit, versuchten, Balance zu halten, verteilten unser Gewicht und fühlten deine zu jähe Abwesenheit.

Ich strich über Berits Rücken, legte den Arm um sie und schlief langsam wieder ein.

Dieses allzu rasche Zurückkehren in ein anderes Gesicht, sobald eine von euch fort war. Das Nur-Berit-Gesicht. Das Nur-Lena-

Gesicht. Und keines von beiden stimmte. Weil ich euch beide geliebt habe.

Berit, wenn du wegen einer Ausstellung für endlose zwei Wochen verreist bist, dann haben Lena und ich dich in unseren Küssen gesucht. Unsere Zungen haben sich umschlängelt und nach deinem Geschmack getastet. Den Abdruck deiner Brüste habe ich in Lenas Handflächen gefunden. Deinen Geruch spürte ich an ihrem Hals auf. Sie ist der Spur deiner Finger auf meinen Schenkeln gefolgt. Aber die Berührungen waren untröstlich.

Untröstlich war auch die Lust, sobald eine fehlte. Ich rief den Namen der anderen, wenn ich unter einer Hand fiel, und ich fiel ins Dunkel.

Ich habe Fragen gestellt. Und die Antworten lagen zwischen uns wie Glasscherben.

Es war nicht so, daß man nichts sagen durfte.

Man konnte reden.

Und man konnte lachen.

Man konnte über den Film sprechen, den wir gerade im Kino gesehen hatten. Über Berits neue Ausstellung, über Lenas zappelige Russischklasse, über die ständigen Lieferschwierigkeiten in meiner Werkstatt. Die Küche war voller Gelächter und Getratsche, wenn wir kochten; wenn Lena das Gemüse schnitt, Berit die Zwiebeln schälte und ich in den Töpfen rührte.

Im Bad haben wir gekichert, und die Worte flogen zwischen Waschbecken und Dusche hin und her wie kleine Falter. Flatterten an den drei Zahnbürsten vorbei. Surrten mitten durch die Luft des Föns. Segelten über Haargel und Bimsstein, und die Flügel bebten vom Lachen.

Wir konnten über Berit reden, über Lena und über mich.

Über Frisuren, die Zukunft und unsere Träume.

Es gab immer Worte. Tröstende Worte für Berit, als sie wegen einer Operation zwei Wochen im Krankenhaus lag. Tröstende Worte für Lena, als ihr Vater gestorben war und sie nichts mehr essen wollte. Tröstende Worte für mich, als in meiner Werkstatt eingebrochen wurde. Über all das konnten wir reden.

Nur nicht über diese Liebe. Die lebte vom Schweigen. Wir hatten die Stille um uns verteilt wie Berührungen. Eine fröhliche, duftende Stille, die unsere Sehnsucht verriet, unsagbare Worte zu sprechen.

Wenn ich heute zurückdenke, dann möchte ich in die Erinnerung hineinspringen wie in einen Film. Ich möchte uns anhalten, kurz vor der letzten Szene. Berits Arm um meine Taille, meine Hand in Lenas. Dieses Lächeln. Und all die ungesagten Worte. Uns festhalten. Als Bild.

Der Rahmen würde das Haar zurückhalten, blond, braun und schwarz, daß es nicht wild durch den Raum flattert. Ich möchte unsere Zeit zurückdrehen und die letzte Sekunde ins Ewige dehnen, die letzte Berührung ins Unendliche auskosten, die Stille bewahren.

Ich hatte nicht gewußt, daß zarte Blüten nur hinter geschlossenen Lippen aufgehen.

„Es wird etwas passieren, das kann doch nicht immer so weiter funktionieren!"

„Ich weiß nie, wie ich das jemandem erklären soll."

„Ich verstehe einfach nicht, was sich da an uns findet."

Und meine Worte fielen und zersprangen in tausend Stücke.

Auf diese Weise waren die Sekunden den Minuten überlassen und die Minuten den Stunden.

Auf diese Weise habe ich alles verloren.

Keine Blüten an den Wänden. Ich wohne nicht mehr bei euch, und meine Wohnung blüht nicht. Es ist zu spät für uns, aber vielleicht ist es noch nicht zu spät für die Liebe.

Ich laufe durch die Straßen, und wenn ich den Kopf hebe und lausche, dann begegne ich der vernichtenden Abwesenheit von Schweigen.

Ich laufe, den Mund voll Stille, ich warte.

Wenn der Tag kommt, werde ich die Liebe erkennen. Ich werde sie stehen sehen, und dann werde ich nicht an ihr vorübergehen. Ich werde sie am aufsteigenden Duft ihrer Stimme erkennen. Oder am Lippenabdruck auf dem Glas. Oder am zarten Blütenmuster ihres Kleides.

Auf jeden Fall jedoch am kurzen Aussetzen meines Herzens.

Dann will ich auf sie zugehen, mich neben sie stellen wie aus Zufall und leise, ganz leise sagen:

„Stell dir vor: eine Frau. Sie kommt immer allein in die Bar. Setzt sich auf einen der hohen Hocker, mit Blick auf die Tür. Und sie wartet. Langsam lösen sich ihre Zigaretten in Rauch auf. Sie wartet jeden Abend. Blicke und Fragen beachtet sie nicht. Sie sieht nicht mal auf, ihre Augen gehören der Tür. Der Barkeeper schweigt dazu."

Und nur die Liebe, wie sie auch aussehen mag, wird diese Worte verstehen. Eine Antwort haben. Und dann schweigen.

Eiskalt, mit Cassis

Eva weiß nicht, wann sie das erste Mal bemerkt hat, daß ihre Hände immer kalt sind.

Sicher ist sie sich nur über die Blicke der Leute, die sie flüchtig berührt. Ein unvermeidlicher Händedruck, und erschreckt zucken die Augen in ihr Gesicht. Sie zieht die Finger schnell weg und lächelt. Darüber vergessen sich die Blicke.

Es ist Juni, die Erdbeeren erröten im Garten. Ihr geht es gut.

Anna sitzt während eines Theaterstücks neben ihr.

„Der dreizehnte Platz“, sagt Anna, als sie sich an ihr vorbeidrängt. Dann zeigt sie Eva die Eintrittskarte.

Eva schweigt und lächelt höflich. Sie sieht nach vorn auf die Bühne. Schließlich kennen sie sich nicht. Der Vorhang ist noch geschlossen.

Später legt Anna die Hand auf die Armlehne und berührt Evas Ärmel dabei. Eva schaut kurz hoch. Anna hat eine winzige Blüte aus Seide im Haar. Eva nimmt ihren Arm weg.

Eva lebt in einer sonnigen Wohnung.

In ihrem Haus kennt sie niemanden. Zu den gemeinsamen Grillabenden geht sie nicht. Wenn ein Nachbar klingelt, um sich etwas zu borgen, Eier oder Zwiebeln, geht sie schweigend in die Küche, holt Eier oder Zwiebeln und legt sie ihm in die Hand.

Ihre Hände sind kalt.

Ihre Fingerspitzen berühren die des Nachbarn, und ein Blick zuckt erschreckt in ihr Gesicht. Dann lächelt sie und schließt sanft die Tür. Die Eier und die Zwiebeln will sie nie zurück.

Sie selbst borgt sich nichts.

Nach der Aufführung will Eva in das Theatercafé auf der anderen Straßenseite gehen.

An der Garderobe ist es voll, Eva hat keine Eile. Sie schlendert aus dem Foyer, über die Straße. In dem Café ist sie oft. Der Barkeeper hält ihren Platz frei.

Als sie ankommt, sitzt Anna darauf. Eva schaut den Barkeeper an, der zuckt mit den Schultern. Sie lächelt und setzt sich auf den Barhocker daneben.

„Ich heiße Anna“, sagt Anna und hält ihr die Hand hin. Evas Finger liegen kalt in Annas. Die schließt die Hand, und kein Blick zuckt in Evas Gesicht. Anna errötet. Eva zieht die Hand zurück und streicht sich übers Haar. Anna trinkt den Wein, den Eva gewöhnlich trinkt. Eva verlangt Sekt.

„Eiskalt, mit Cassis“, sagt sie leise. Der Barkeeper nickt.

Evas Wohnung ist ihr Schloß voller Schätze, die gehören ihr allein.

Auf der Konsole im Bad steht ein silberner Schwan, auf dessen Hals sie ihre Ringe aufreiht. Eva erträgt den Gedanken nicht, daß ein Fremder sich in ihrem Bad aufhalten könnte und den Schwan womöglich verrückt. Sie müßte ihn wegwerfen danach. In ihrer

Küche steht ein zierliches Bord mit seltenen Gewürzen, die sie im Ausland kauft. Sie kocht nie für andere. Sie kocht nur für sich.

Bekannte trifft sie im Café. Nach Hause begleiten läßt sie sich nicht. Sie verabschiedet sich auf der Straße. Ein leichter Händedruck, Evas Hände sind kalt, ein erschreckter Blick, dann schließt sich schon die Tür des Taxis hinter ihr.

Ihr geht es gut.

Ihre Affären sind kurz und intensiv. Sie trifft sie nur in der Wohnung der anderen. Wenn die Haut im Mond erbleicht, ist es zu dunkel zum Lächeln. Nachts zucken die Blicke nicht zusammen. Nachts zucken die Körper, und der Atem steigt auf.

Eva geht vor dem Morgengrauen.

Auf der Straße gibt Anna ihr die Hand.

Das Taxi steht schon da. Annas Hand ist warm.

„Bis morgen", sagt Anna, und die Stimme ist bis in die Handgelenke spürbar.

Eva schweigt, doch sie sieht dem Wagen nach, bis ihr eigenes Taxi um die Ecke biegt.

Als sie später die Wohnungstür aufschließt, zittern ihre Hände.

Eva geht vor dem Morgengrauen, denn am Morgen graut stets dieselbe Frage.

Sie sitzen sich gegenüber bei Kaffee und Croissants, und beim Griff nach der Orangensaftkaraffe berühren sich plötzlich die Finger. „Warum sind deine Hände nur so entsetzlich kalt?"

Eva antwortet nie, sie lächelt. Nach dieser Frage bleibt sie fort.

Doch das Gehen vor dem Morgengrauen ist nur ein Wettlauf mit der Zeit. Irgendwann will jede mehr. Will wissen, wo sie wohnt, will herausfinden, daß in ihrem Bad ein kleiner, silberner Schwan steht, will den Duft ihrer Gewürze auf dem zierlichen Bord in der Küche einatmen.

Am nächsten Abend sitzt Anna schon auf Evas Platz an der Bar und trinkt Evas Wein.

Der Barkeeper schiebt Eva ungefragt Sekt zu. Eiskalt, mit Cassis.

„Darf ich?“ fragt Eva plötzlich, sie weiß nicht warum, dann berührt sie die Blüte in Annas Haar.

„Ich heiße Anna“, sagt Anna und legt den Kopf leicht zur Seite, und Eva weiß, sie hat sich verhört, doch einen Augenblick lang ist sie versucht, die Blüte herauszupflücken und ihre Hand in Annas Haar zu vergraben. Anna hält die Augen geschlossen. Da hat Eva ein Bild vor Augen: Die Türen ihrer Wohnung stehen offen, und warm dringt die Nacht herein.

Sie zieht die Hand schnell zurück.

Eva macht ihre Arbeit wie jeder andere Mensch auch.

Sie ist zuverlässig, pünktlich und fleißig. Wenn sie ins Büro kommt, sagt sie „Guten Morgen“. Vor Überstunden schreckt sie nicht zurück.

Nur hält Eva nichts von übermäßigen Kontakten mit Kollegen. In der Kantine sucht sie einen Tisch ganz für sich. Wenn jemand sich dazusetzt, liest sie Zeitung oder konzentriert sich aufs Essen. Sie haßt unnötige Gespräche. Sie führen dazu, daß man sich nach der Arbeit trifft und noch mehr unnötige Gespräche führt. Eva redet nicht gern über sich, und sie mag es nicht, andere über sich sprechen zu hören.

Manchmal hat sie einen Traum, der sie beunruhigt. Er kommt einfach, und sie kann nichts tun, als ihn zu vergessen.

Da geht eine Frau nachts durch die Gassen. Eva hört sie nicht, sie schläft. Sie hört nicht, daß die Haustür sich öffnet, hört nicht die Schritte auf der Treppe. Die Frau weiß, wo Eva wohnt, sie ist die einzige. Eva hört nicht, wie sie vor der Tür steht. Wie sie wartet und atmet. Sieht nicht, wie die Klinke sich senkt. Die Frau tritt ans Bett und streicht ihr das Haar zurück. Eva merkt es nie, sie schläft. Die Frau reißt keinen Kuß aus ihrer Haut, sie nimmt ihn. Sie flüstert einen Namen. Eva versteht ihn nie, doch sie spürt den Tonfall, der geht ihre Handflächen entlang. Während der Nacht streichelt die Frau die Narbe über der Brust, heilt den Riß im Mond, haucht dem silbernen Schwan Leben ein. Und plötzlich breitet die Wohnung die Türen aus und fliegt durch die Nacht.

An dieser Stelle schreckt sie auf. Es ist totenstill, nur ihr Herz rast. Sie springt auf, läuft zur Tür, dreht den Schlüssel im Schloß. Einmal, zweimal, so lange, bis das Holz knirscht und das Metall in ihre Hand schneidet. Sie wird sich ein Vorhängeschloß kaufen.

Immer diese Furcht, daß etwas Ungeheuerliches passieren könnte, während sie schläft.

Eine Woche lang meidet Eva das Theatercafé.

Sie verbringt die Abende in ihrer Wohnung, hört Platten, kocht für sich allein, liest ein Buch. Sie schiebt den silbernen Schwan auf der Konsole hin und her, und die Ringe auf seinem Hals klirren.

Dann geht sie wieder hin.

Anna sitzt an der Bar, auf Evas Hocker, und trinkt Evas Wein. Anna lächelt und sagt nichts. Eva setzt sich. Vor ihr steht Sekt. Eiskalt, mit Cassis. Sie schiebt ihn zurück, verlangt Wein.

In dieser Nacht geht sie mit Anna.

Sie pflückt die Blüte von Annas Schläfe, sie vergräbt die Hände in ihrem Haar. Sie streichelt die Kleidung von Annas Körper. Mit der Seidenblüte in den Fingern wandert sie Anna ab wie einen Garten. Annas Körper, in den Rahmen ihrer Hände gespannt. Die weiche Haut hinter dem Ohr halsabwärts, Sehnengegend. Über Brust und Tal, weitläufige Wiesen entlang, die zu blühen beginnen unter ihren Händen, über den Flaum auf Annas Haut, der unter ihren Fingerspitzen aufflüstert wie gerade geborenes Gras. Sie fährt die Linie der Hüften ab. Sie steckt die Blüte in das Haar unter Annas Nabel, das knistert auf. Sie läßt ihre Finger kosten und tauchen. Und unter dem Anheben von Annas Hüften, die sich in ihre Handflächen schmiegen, erwärmen sich ihre Hände. „Ich heiße Anna", raunt Anna, und Eva denkt, das ist nur ein Irrtum, und lauscht auf das Seufzen und Hauchen, das sie nicht versteht, nur daß Anna spricht, und ihre Fingerspitzen erröten vor Sehnsucht.

Am nächsten Morgen sitzen sie sich gegenüber bei Kaffee und Croissants. Beim Griff nach der Orangensaftkaraffe berühren sich ihre Finger.

„Ich liebe deine Hände", sagt Anna und deckt sie mit ihren Augen zu.

Evas Schlüssel schließt nicht mehr richtig, als sie nach Hause kommt.

An ihren Wimpern wächst ein Stern, die Nächte sind zu hell. Sie geht nicht mehr in das Theatercafé.

Sie geht jeden Tag zur Arbeit und sagt „Guten Morgen". Sie ist zuverlässig, pünktlich und fleißig. Sie macht viele Überstunden. Die Hand gibt sie niemandem.

Sie hat das Schloß ausgewechselt, und Anna weiß nicht, wo sie wohnt. Niemand weiß, wo sie wohnt. Aber jede Nacht hat Eva diesen Traum. Sie kommt mit dem Vergessen nicht nach.

Sie wartet, bis es weh tut. Sie wartet darauf, daß sie die Treppen hochsteigt, und Anna steht plötzlich da, vor der Tür, mit der Blüte im Haar, lächelnd, öffnet die Arme und sagt: „Ich liebe deine Hände."

Sie geht in ein anderes Café.

Ihre Hände werden kälter. Sie vergißt Anna. Wenn sie taub sind, die Hände, werden auch sie Annas Stimme vergessen. Sie will sich niemandem zu erkennen geben. Ihr geht es gut. Sie trinkt Sekt, eiskalt, mit Cassis, und lächelt dem fremden Barkeeper zu. Sie geht langsam durch die Gassen.

Sie öffnet die Haustür, steigt die Treppen hinauf. Licht macht sie keins, sie kennt den Weg im Schlaf. Sie schiebt den Schlüssel in ihr neues Schloß. Etwas steckt im Schlüsselloch, sie zieht es heraus.

Sie liegt feuerrot auf ihrer Handfläche. Die seidige Blüte aus Annas Haar. Ihre Hände brennen.

In der Wohnung wirft sie die Tür zu, es knallt. Sie lehnt sich gegen die Wand.

Sie wird demnächst umziehen.

Die Gärten bist du

Nachdem du gegangen warst, rankte sich das Schweigen die Wände empor. Die Stille wuchs in mir. Sie schlug Wurzeln in den nichtgefallenen Worten.

Nachts hast du dich aus dem Bett geschlichen. Lautlos wie eine Katze. Ich habe dich aus den Augenwinkeln beobachtet. Doch ich blieb still. Du hast das Licht nicht angeschaltet. Als du in Jeans und Hemd geschlüpft bist, hast du kein Geräusch gemacht. Die Schuhe hast du in die Hand genommen. Zuletzt bist du noch einmal an das Bett herangetreten und hast dich über mich gebeugt. Ich hielt die Augen geschlossen. Ich spürte deinen Atem auf meiner Wange.

Dann warst du fort.

Das Türschloß klickte.

Ich hatte nach deinem Kissen gegriffen und es unter meine Decke gezogen. Mein Gesicht hineingegraben. Deinen Geruch getrunken. Es war noch warm von dir. Ich schlief wieder ein. Gedanken hatte ich mir keine gemacht. Du bist so oft mitten in der Nacht gegangen. Und immer zurückgekehrt.

Mir träumte von Gärten in jener Nacht. Eine Vision in der Ferne. Ich lief darauf zu.

Als ich ankam, blühten nur noch die Astern, das Heidekraut und die Rosen. Eine berauschende Halluzination von Rosen. Rosen aller Sorten, Farben und Düfte. Teehybridrosen, Floribundarosen, Polyantharosen. Büsche und Bäume sogar mit winzigen Rosenköpfen und Früchten, die wie Hagebutten aussahen.

Am Morgen war ein Wispern wie von Blättern in mir. Eine Unruhe. Eine Vorahnung.

Als ich von der Arbeit kam, fand mein Blick immer wieder in die Vorgärten meiner Nachbarn. Ich hatte mich nie für Gärten interessiert. Doch wie unter Zwang hob sich mein Blick und verfing sich in Steinkraut, Margeriten und Flieder. Mein Auge streifte die Japanische Quitte im Nachbargarten, gleich neben meinem Zaun. Die Äste hingen feuerrot von Blüten über die Latten. Ich riß den Blick los.

In dieser Nacht wartete ich lange. Ich ließ die Lichter aus und das Radio ebenso. Das Fenster öffnete ich weit. Ich wollte dein Auto kommen hören. Es blieb still. Ich stellte mich ans Fenster und sah auf die Straße. Das Schweigen kroch aus meinem Garten. Es wuchs die Wand empor, bis zu meinem Fenster. Ich warf das Fenster zu. Du bist in dieser Nacht nicht gekommen.

Viel geredet hast du nie. Gedichte mochtest du. Du hast sie mir vorgelesen, und als du bemerkt hast, daß ich dir nie richtig zuhörte, hast du sie auf kleine Zettel geschrieben, die du überall im Haus verteilt hast. Rilke. Du hast Rilke verehrt. Ich hatte alle Zettel eingesammelt. Gelesen hab ich sie nie. Doch wegwerfen konnte ich sie nicht. Du hättest mich eines Tages darauf ansprechen können, und dann wollte ich das Schubfach öffnen und sie dir zeigen.

In der nächsten Nacht ging ich durch meinen Garten, der keiner ist. Ich ging im Dunkeln hindurch, und die Kletten wildwuchernder Büsche blieben an meiner Jacke hängen. Ich lief zum Zaun und spähte auf die Straße. Kein Auto. Diese Stille. Sie stieg aus dem harten Boden. Die spärlichen Grasbüschel leckten über meine Füße. Ich sprang zur Seite und hetzte ins Haus. Die Tür fiel laut ins Schloß.

„Es gibt ein Wort“, hast du einmal erklärt. „Eines, das alles sagt. Hauchdünn, ganz zerbrechlich, aber weil es allein dastehen kann, trägt es die ganze Welt.“ Ich hatte gelacht und mit dem Finger über deine Lippen gestrichen, bis du verstummt bist.

Ich saß am Fenster. Mir war kalt. Dein Fortsein trieb ins Fleisch wie ein Dorn. Du bist auch in dieser Nacht nicht gekommen.

„Gib mir einen Namen“, hast du mich eines Nachts gebeten, als du neben mir lagst und meine Hand verzückt über deine noch feuchte Haut ging. Ich hatte nicht geantwortet. Meine Finger strichen dein Haar zurück. „Meinen Namen!“ hast du beharrt. Da habe ich leise gelacht, dich an mich gezogen und deinen Mund mit Küssen verschlossen. Du bist starr in meinem Arm geworden und hast dich herausgewunden. In die äußerste Ecke des Betts hast du dich gerollt und kein Wort mehr gesagt. Ich habe nichts getan. Du warst manchmal ziemlich merkwürdig. Ich bin schnell eingeschlafen.

In der nächsten Nacht ging ich zur Schublade und griff hinein. Die Gedichte knisterten. Ich zog eins heraus. Ich setzte mich ans Fenster, mitten ins Mondlicht. Ich zündete eine Zigarette an. Und dann faltete ich den Zettel auseinander. Deine Schrift. Der Schmerz öffnete sich wie eine Ader. Zwei Strophen. Rilke. Ich las die ersten Zeilen:

Du im Voraus
verlorne Geliebte,
Nimmergekommene,
nicht weiß ich, welche Töne dir lieb sind.
Nicht mehr versuch ich dich, wenn das Kommende wogt,
zu erkennen.

Ich legte den Zettel langsam auf den Boden.

Ich stand auf und öffnete das Fenster, um die kühle Nachtluft einzuatmen. Da stieg mir erneut die Stummheit meines Gartens in die Lungen, und bedrängt schloß ich das Fenster wieder. Ich wußte deinen Namen. Ich hatte ihn nie gesagt. Auch in dieser Nacht bist du nicht gekommen.

In der nächsten Nacht zog ich wieder die Schublade auf. Der Zettel in meiner Hand war gefaltet wie ein Kranich. Ich hatte mir nie die Mühe gemacht, ihn zu öffnen. Wieder setzte ich mich ans Fenster. Wieder zündete ich eine Zigarette an. Ich öffnete deine kleingefaltete Liebe. Dieselben Worte. Beunruhigt sprang ich auf. Eine Ahnung ließ mich die Schublade aufreißen, und ich schüttete Händevoll Gedichte auf den Boden. Nacheinander öffnete ich sie. Ein und dasselbe Gedicht.

Ach, die Gärten bist du,
ach, ich sah sie mit solcher
Hoffnung.

Ich habe all deine Zettel gelesen. Ich las das Gedicht einhundertmal. Ich ging vor die Tür. Ich sah nicht zur Straße. Ich wußte, du würdest nicht kommen.

Erkenn mich noch einmal, wünschte ich.

Ich wünschte es mit aller Kraft. Ich sah über meinen öden Garten. Das Stumme wogte. Ich ging hindurch. Es stach mit Dorn und Gift. Als ich wieder ins Haus trat, wußte ich, was ich tun mußte.

Am nächsten Tag habe ich Samen gekauft. Dann zerschnitt ich die Zettel. Jedes einzelne Wort schnitt ich heraus. Ich legte sie in eine Schale. Es wurde Nacht, bis ich fertig war. Ich nahm die Schale und die Schachtel mit Samen und ging vor die Tür. Ich grub Stunden. Der Boden war knochenhart. Die kargen Grasbüschel und die Klettenbüsche habe ich mit bloßen Fingern ausgerissen. Als ich den Spaten weglegte, bluteten meine Hände. Ich hatte noch nie einen Garten umgegraben. Aber ich war fast glücklich. Ich öffnete die Schachtel, streute die Samen in die Worte. Dann lief ich über die aufgebrochene Erde und warf Händevoll davon in die Furchen.

Ich streute langsam. Astern, Heidekraut und Rosen. Rosen aller Sorten, Farben und Düfte. Teehybridrosen, Floribundarosen und

Polyantharosen. Es waren auch Samen von Büschen und Bäumen dabei, die winzige Rosenköpfe tragen würden und Früchte, die aussehen wie Hagebutten. Die Worte raunten auf der Erde.

Ach, die Gärten bist du,
Gassen fand ich, –
du warst sie gerade gegangen
Wer weiß, ob derselbe
Vogel nicht hinklang durch uns
gestern, einzeln, im Abend?

Ich badete meine Hände in Öl. In dieser Nacht träumte ich das erste Mal wieder von dir. Deine Hände lagen auf meinen Brüsten. Und ich flüsterte deinen Namen.

Am Morgen begann ich zu gießen. Ich ließ mir Zeit. Ich ging jede einzelne Furche ab und tränkte die Worte. Ich tat das von da an jeden Tag. Und ich wußte, mir würde nur das Warten bleiben.

Ich wartete. Ich wartete den Frühling ab, der die ersten Triebe hervorbrachte, die ich sorgsam hegte. In meinem Garten keimte ein Wort. Ich lief jeden Tag durch das Pflanzenjung. Es war wachsgrün und kraftlos. Ich berührte es nur mit den Fingerspitzen. Der Sommer brachte Hitze aus Blei, und ich goß den Garten dreimal am Tag. Der Herbst kam. Ich hatte längst aufgehört, auf das Geräusch deines Autos zu lauschen. Ich sah nicht mehr zur Straße. Das Wort wurde kräftiger. Es bildete Knospen. Aber es blühte nicht.

Eines Tages kam der Brief. Deine Schrift. Ich öffnete ihn mit zitternden Fingern.

Du im Voraus
verlorne Geliebte, Nimmergekommene,
nicht weiß ich, welche Töne dir lieb sind …

In dieser Nacht ging ich langsam durch den wildwachsenden Garten, durch Astern, Heidekraut und Rosen. Und schließlich hörte ich das Motorengeräusch. Ich habe nicht aufgesehen. Das Tor quietschte. Dein leiser Schritt. Und dann kamst du heran. Durch die Beete voll schlafender Rosen. Durch das schlummernde Wort. Und standest zuletzt vor mir. Ich sah dich an.

Erkenn mich noch einmal, wünschte ich mit aller Kraft.

Mein Flüstern dann: „Die Gärten bist du." Und da öffneten sich deine Lippen, und du sagtest das einzige Wort.

Als ich am Morgen an dir erwachte, wußte ich, daß der Garten blühen würde.

Herzzeit

So wie Marla jetzt steht, in den Kaffee bläst und Lena anblickt, sieht die Tasse übertrieben zerbrechlich in ihrer Hand aus. Lena ist zurückgewichen ans Ende des Zimmers, zwischen ihnen der chinesische Teppich, auf dem sie manchmal langsame Pirouetten dreht, das Bett und der schmalfüßige Schreibtisch.

Über dem Schreibtisch hängt eine Uhr. Die Uhr ist stehengeblieben.

Ein Herz, denkt Lena, besteht aus zartem Muskelfleisch.

Marla steht und trinkt und schaut, der Abstand zwischen ihnen dünnwandig wie das Porzellan an ihrem Mund.

Die Augen liegen auf Lenas Brust. Lena fragt sich, ob ein Fleck durch die Schürze gedrungen ist. Die Schürze liegt zuunterst im Wäschekorb.

Sie hatte Marla verloren gegeben wie jedesmal.

Die Wand in ihrem Rücken. Marla steht im Türrahmen. Der Rahmen hält das ganze Zimmer. Lena ist zerbrechlich geworden in diesen Wänden. Zerbrechlich in diesem Blick.

Marlas Augen sind so schwer zu ertragen.

Marla schaut, Lena rührt sich nicht.

Jeder Schritt wäre ein Schritt auf sie zu.

Man wiegt weniger als der eigene Atem, denkt sie, wenn Marlas Augen so klar und kalt sind.

„Manchmal siehst du mich so an, als ob …“

„Was?“ unterbricht Lena.

„Was siehst du dann?“ fragt Marla.

Lena und Marla leben in verschiedenen Wohnungen. In einem anderen Leben. Mit einer anderen Frau.

Aber es gibt dieses Zimmer.

Sie sehen sich selten.

„Wenn du eine andere berührst, sehe ich Marla. Doch sobald wir allein sind, sehe ich …“

„Ja?“

Es gibt zwei Schlüssel.

Wenn sie tanzen gehen, sieht Marla sich nach anderen Frauen um. Vergißt sie. Tanzt mit Blonden, Rotgoldenen und Schwarzgelockten. Läßt ihre Hand auf fremden Nacken ruhen, ihren Mund von fremden Lippen kosten.

Lena steht vergessen und schaut Marla an.

Manchmal sitzt sie an der Bar und trinkt roten Wein. Manchmal tanzt sie allein auf der anderen Seite. Dennoch möchte sie keinen einzigen der Abende, an denen sie tanzen waren, missen.

Sie betrachtet die Frau in Marlas Händen.

Herz enthält alle wichtigen Vitamine. Die passenden Gewürze sind Zwiebeln, Lorbeerblätter und Petersilie.

Sie setzt die Lippen ans Glas.

Lena,

ich will dich jetzt nicht sehen.

Aber heute mittag habe ich in unserem Zimmer lange auf dem Bett gelegen.

Einfach alles zugelassen. Die leise Musik aus der Anlage, die auf dem Glastisch stand und das Wasser im Glas zum Zittern brachte. Diesen reglosen, milden Sommer, der durchs Fenster stieg. Die Vorstellung des sehr langsamen Aufziehens eines Reißverschlusses. Des Knisterns von Stoff.

Das Berühren deines Nackens mit den Lippen. Ein Muskel, der sich unter der Haut spannt. Das Abwärtsgehen.

Das langsame Atmen. Das langsame Schweigen.

Daß alles immer schon gesagt wurde.

Daß alles immer schon gelebt wurde.

Wie sollte ich es auch nur versuchen.

Ich habe mir gewünscht, daß du heute in unser Zimmer kommst. Im selben Augenblick habe ich gehofft, daß du auf keinen Fall kommst.

Man zerspringt dabei.

Marla schreibt ihr Briefe.

Sie setzt einen Namen darunter, den Lena für sie erfunden hat.

Was niemand weiß, auch nicht diese Frau, deren Nacken Marla gerade mit den Fingerspitzen streichelt, ist, daß sie verheiratet sind.

Lena kann sich nicht mehr erinnern, von wem der erste Schritt ausgegangen ist. Vielleicht gab es ihn gar nicht. Vielleicht hatte ein Blick genügt, alles zu begreifen, und sofort darüber zu schweigen.

Es war ein nüchterner Raum gewesen. Sie hatten nicht gestanden, sondern vor einem Tisch gesessen, dahinter ein Mann. Sein Haar war schütter, und auf seiner Nase hatten Schweißtropfen geglänzt. Er hatte sie die ganze Zeit über angelächelt. Zeuge war ein Pärchen gewesen, das sie auf der Straße angesprochen hatten.

Als sie das Ja aus Marlas und dann aus ihrem eigenen Mund hörte, hatte Lena sich kurz gewundert, auf welche Frage sie antworteten.

Es gab keine Zeremonie. Die ganze Sache hatte eine Viertelstunde gedauert. Dann ging die Tür wieder auf, und sie waren hinausgefallen, in den Sommer.

Niemand hatte je davon erfahren.

Marla hatte eine schwarze Hose angehabt und ein silbergraues Hemd. Lena trug ein grünes Kleid. Nur die silbernen Sandaletten hätten jemandem als ungewöhnlich ins Auge fallen können. Und ihre Lippenpaare vielleicht, die noch warm waren von dem Wort.

Es gab keine Frage, hatte Lena draußen gedacht. Wir haben die Antwort vorher gegeben. Und sie ließ sich mit ihrem ganzen Gewicht gegen Marla fallen.

Sie hatte Marla ihren eigenen Schlüssel für das Zimmer in die Hemdtasche gesteckt und gesagt: „Das ist mein Herz."

Marla hatte Lena festgehalten, in ihre Hosentasche gegriffen und ihren Schlüssel in Lenas Hand gelegt. Sie hatte gesagt: „Und das ist meines."

Sascha,

schrieb Lena an Marla, eine Woche, nachdem sie geheiratet hatten,

wenn du nicht da bist, ist unser Zimmer so groß. Ich lasse das Fenster offen.

Ich träume vom Essen.

Vielleicht hast du recht, und das einzige, was man jemals besitzen kann, sind Träume.

Ich sitze in der noch warmen Dämmerung, die Grillen zirpen, und ich sehe mich um in diesem Zimmer, das unseres sein soll, und das doch erst unseres wird, wenn du im Türrahmen stehst.

Was wird einmal von diesem Sommer übriggeblieben sein?

Wenn du nicht da bist, erinnere ich mich an dich. An deine Hände, deine Brüste, deine Augen.

Wie ein Spalt in einer Bluse öffnet sich die Erinnerung, und ich kann sie nicht aufhalten, nicht zusammenfalten, nicht zuknöpfen. Ich schiebe die Zunge in den Spalt, und die Haut ist glatt und schmeckt nach Salz.

Ich habe Hunger, denkt sie, wenn sie die beiden beim Tanzen beobachtet.

Dann stellt sie sich vor, daß Marla mit dieser Frau nach Hause geht. Daß sie zurückbleiben wird. Sie holt sich dieses Bild ganz nah vor Augen. Wie Marla dieser Frau in den Mantel helfen wird und nicht ihr. Wie sie den Arm auf der Straße um sie legt. Wie die Frau die Wohnungstür aufschließen wird und ihre Hand dabei zittert. Sie stellt sich den Körper der Frau vor, weiße Brüste mit blaßroten Spitzen. Marlas Zunge, die ihnen die Blässe austreiben wird, ihre Finger im Mund der Frau, die andere Hand, die ihr Haar aufgespult hat bis zur Kante, sie daran ins Kissen drückt, ihre Augen, wenn Marla in sie eindringt, das Gesicht nah über dem der Frau, damit ihr keine Nuance entgeht.

Wenn sie sich das vorstellt, hat Marla die Frau auf der Tanzfläche gerade geküßt.

Sie zündet sich eine Zigarette an.

Das Herz wird mit einem Messer halbiert, denkt sie, das Fett ganz abgeschnitten.

Wenn sie müde wird, geht sie.

Bevor sie den Saal verläßt, dreht sie sich noch mal um. Marla sieht sie nicht.

Sie betätigt den Summer. Bindet die Schürze ab und legt sie zuunterst in den Wäschekorb. Geht zur Kochnische und gießt Kaffee in die Tassen. Hört die Schritte im Treppenhaus. Reicht Marla die Tasse, als sie die Tür öffnet. Legt ihr einen Finger und dann die Lippen auf den Mund.

Beides bereits aufgelöst im Moment der Berührung. Der Kaffeedampf steigt und verliert sich in der Luft.

Lena ist schon am Ende des Zimmers.

Die Adern werden herausgeschnitten und dann die Hälften gewässert, bis alles Blut herausgezogen ist.

„Du meinst nicht mich", sagt Marla und sieht sie an. „Warum hörst du eigentlich nicht auf damit? Mir noch immer die Tür zu öffnen, meine ich."

Dieses Zimmer ist der einzige Ort, von dem nur sie beide einen Schlüssel haben.

Man kann Herz einfrieren.

Man kann es dörren und pulverisieren.

Man kann es in Scheiben geschnitten in eine Pfanne legen und braten.

„Ich habe es mir vorher genau vorgestellt", sagt Lena. Sie weiß: Wenn sie nur darauf achtet, daß genügend Raum bleibt zwischen Marla und dem Messer auf dem Tisch, kann nichts geschehen. „Wie es ist, wenn du mit ihr gehst und nicht mit mir. Deshalb habe ich nicht mit dir gerechnet. Und jetzt freue ich mich, daß du da bist."

Marlas Augen sind klar.

„Was tust du nur mit dir, damit sich dir letzten Endes doch noch ein Wunder präsentiert", sagt sie und macht eine Bewegung, als wolle sie in das Zimmer treten. Doch sie verlagert nur das Gewicht auf das andere Bein.

„Wunder präsentieren sich nicht. Sie werden erdacht, Marla."

Lena,

schrieb Marla,

wenn du neben mir liegst und schläfst, beginnt das Zimmer sich zusammenzuziehen und zu weiten.

Man muß der Anwesenheit Zeit geben, sich auszubreiten.

Kennst du das: diese entsetzliche Angst, das Verlangen könnte einmal für immer gestillt werden?

Ich möchte diesen Sommer aufhalten.

Wenn du schläfst, kann ich nicht aufhören, dich anzusehen.

Vielleicht ist es immer die Zeit gewesen, die einem die Türen versperrt hat. Die zuviel miteinander verbrachte Zeit.

Die Zeit ist auch gegen mich, Sascha.

„Was siehst du, Lena“, fragt Marla sie im Bett, als ihre Hand über Lenas Schenkel streicht und Lena zu zittern anfängt, in Marlas Haar greift mit beiden Händen, ihr Gesicht mit den Augen abtastet und dann mit den Fingerspitzen.

„Es ist, als würde ich etwas sehen, was es nicht gibt“, sagt sie.

Marla fährt mit der Hand aufwärts, Lenas Stimme schwankt.

„Weiter“, sagt Marla.

„Es ist nicht möglich …“, sagt Lena, und Marla streicht mit dem Daumen über Lenas Geschlecht und hält mit der anderen die Bewegung ihres Kopfes auf, der zur Seite sinken will.

„Bitte laß die Augen auf. Sag mir, was du siehst“, sagt sie, als ihr Daumen in Lena hineingeht.

Ihr Herz fängt an, wild zu schlagen. Marla wird es hören, denkt sie.

„So wie wir leben, lebt niemand“, sagt sie.

Sie hat erwartet, daß die Uhr über dem Schreibtisch in diesem Moment zu schlagen anfängt. Doch die Zeiger stehen noch immer still.

„Wir leben so“, antwortet Marla. „Was siehst du, Lena?“

Sascha,

schrieb Lena,

wenn du jetzt hier im Zimmer wärst, würdest du sie erkennen – meine Sehnsucht.

Ich sitze am Schreibtisch und versuche mir Worte dafür auszudenken. Die Sonne fällt auf die Tischplatte. Der Schweiß über meinem Schlüsselbein würde mich verraten.

Diese seltenen Begegnungen. Wie oft hat eigentlich eine auf die andere gewartet, hier, in diesem Zimmer? Die wenige Zeit, die ich mit dir habe, muß ich in meiner Erinnerung dehnen.

Und selbst in den schönsten Momenten, wenn du neben mir liegst und ich dich streichle, weiß ich, ich kann diesen Augenblick nicht hal-

ten. Weiß, daß du mir fremd sein wirst am nächsten Morgen und noch fremder, sobald du das Zimmer verlassen hast.

Vielleicht ist das ein Glück, Sascha.

Wenn du nicht hier bist, ist mir, als ob eine Wand vor dem Himmel steht.

„Also meinst du nicht mich. Hast nie mich gemeint", sagt Marla, als Lena ihr verraten hat, was sie sieht.

Lena steht auf, ist nackt in Marlas Blick.

„Du hast ihn erfunden", sagt Marla. „Es gibt keine Person zu dem Namen, den du mir gegeben hast. Jedenfalls bin das nicht ich."

Wie eine Wand, denkt Lena. Man kann immer nur dagegenklopfen.

„Nenn mir ein Ereignis, das je anders war", flüstert sie. „Nenn mir einen Menschen auf der Welt, der das, was du Irrtum nennst, nicht ebenfalls erfahren hätte, Marla."

Marla schaut, Lena rührt sich nicht.

Was glaubt sie nur, denkt sie. Daß ich dieses Ding nicht hätte, das sich auf Schmerz reimt? Oder daß ich nicht wüßte, daß auch sie es hat?

„Alles, was wir imstande sind, uns auszudenken, existiert", sagt sie in Marlas Richtung.

Und es schlägt für dich.

Sascha.

Liebste.

Marla steht auf, tritt hinter sie, küßt ihren Nacken bis zum Haaransatz hoch.

„Laß uns essen", sagt sie leise.

Das Zimmer hat zwei Schlüssel.

„Ja", sagt Lena, als sie Marla ihre Gabel an die Lippen hebt. Und Marla hat nicht gefragt: „Ist das dein Herz?"

„Ja", sagt Marla, als Lena mit den Zähnen ein Stück von Marlas Gabel zieht. Und Lena hat nicht gefragt: „Ist das deines?"

Sie essen schweigend.

Das Zimmer hat zwei Schlüssel, und vielleicht ist der Himmel eine Wand, durch die man gehen kann.

Hol mich

zusammen schlafen wir
ein uhr nachts spüre
ich in mir ihr knabbern
an mir liegt es nicht
daß sie so gar keine ruhe
läßt mir daß sie immer fort ist
wenn ich erwache bin ich allein

(luna jacob)

Als die Gestalt das Gartentor aufschob, war Marta allein im Haus.

Sie war meist allein, aber nicht immer, und heute Morgen hatte sie noch gemeinsam mit den Jungs gefrühstückt, bevor Steffen mit dem Auto kam und die beiden wieder zu sich in die Stadt mitnahm.

Sie verspürte eine tiefe Erleichterung, daß die Zeit mit den Jungs vorbei war.

Die beiden waren eine sonderbare Tatsache in ihrem Leben, die sie immer wieder vergaß, bis sie nach einem Jahr für vierzehn geräuschvolle Tage in Martas Erinnerung brachen.

Sie hätte nicht sagen können, was sie für ihre Söhne empfand. Sie war fasziniert von ihnen, davon, wie schnell sie wuchsen und wie stark sie waren. Marta selbst wäre nie auf die Idee gekommen, ihre Söhne zu treffen. Steffen aber hatte darauf bestanden, daß sie jeden Sommer zwei Wochen bei ihr in Tanngrund verbrachten, und Marta hatte nichts dagegen.

Jetzt, wo das Haus seit zwei Wochen das erste Mal still war, war sie froh, wieder allein zu sein. Sie kratzte die aufgeweichten Reste der Cornflakes von den Tellern in den Mülleimer und ertappte sich dabei, wie sie sich kurz versteifte, weil sie mit dem Rücken zur Tür stand.

In letzter Zeit geschah es häufiger.

Als sie durchs Haus ging und die hinterlassenen Spuren der Zwillinge von Möbeln und Boden las, fühlte sie es in ihrem Nacken. Sie tat, als würde sie nichts bemerken, doch als sie die Blumen goß, drehte sie sich einmal schnell um. Sie sah es noch in den Glastüren des Schranks gespiegelt weghuschen.

Es war nur der Schatten der Kastanie. Sie lachte kurz und laut und fuhr sich nervös durchs Haar. Das erste Mal fragte sie sich, ob sie sich nicht wenigstens einen Hund anschaffen sollte. Schließlich lebte sie hier völlig abgeschieden. Und seit Steffen und die Jungs ausgezogen waren, lebte sie nicht mehr allein.

Später trocknete sie das Geschirr ab. Sie summte vor sich hin, verstummte dann abrupt und suchte in ihrem Gedächtnis, woher sie das Lied kannte. Wahrscheinlich hatten es die Jungs gesungen, sagte sie sich. Doch ihr Blick flatterte nervös zum Fenster, und da sah sie es. Eine Staubwolke, die den Feldrand entlangwehte, sie sah, wie sie näherkam, wie die Form eines Wagens sich herausschälte. Ihre Finger begannen zu zittern. Es war ein alter VW-Bus, heruntergekommen und verdreckt, und der Bus raste heran und bremste ein paar Meter vor ihrem Grundstück ab.

Marta mußte daran denken, was die Jungs eines Abends aufgeregt erzählt hatten: daß sie eine Gestalt auf den verlassenen Höfen beobachtet hätten. Die hätte die schweren Holztore aufgezogen und sich suchend in die Scheunen hineingetastet. Die Gestalt hätte auch etwas in die Fensterlöcher der toten Häuser gerufen, was sie jedoch nicht verstehen konnten.

Marta war ein bißchen böse auf ihre Söhne gewesen, sie hatte ihnen verboten, auf den verlassenen Grundstücken der Nachbarn zu spielen. Wie leicht konnte etwas passieren. Sie konnten in die Heuböden klettern, und die brüchigen Bohlen würden unter ihnen zusammenbrechen.

Sie hatte aber so getan, als wäre sie erstaunt. „Eine Gestalt?" hatte sie gefragt und sich kurz gewundert, daß ihre Söhne so ein Wort verwendeten. „Wie sah sie denn aus?"

Aber die Jungs hatten ihr nichts Genaues sagen können. Sie hatten sich gegenseitig mit Beschreibungsversuchen überboten, und vor Martas Augen war ein altersloses, hageres Geschöpf mit blassen Augen erstanden, mit sehnigen, schmalen Armen und knochigen Fingern, mit einem Mund, der „nicht lächelte, sondern irgendwie krank, nee, wie zerrissen" aussah. Marta hatte ihnen kein Wort geglaubt. In Tanngrund kam niemand an, es gab keine Fremden, es gab überhaupt niemanden mehr außer ihr, und das schon seit Jahren, hatte sie den beiden erklärt, und schließlich hatten die Jungs wütend angefangen zu weinen.

Marta aber war nicht so gleichgültig gewesen, wie sie vorgegeben hatte. Sie hatte in jener Nacht noch lange wach gesessen, hatte aus dem Fenster über den See in den Wald gesehen und an große, wahnsinnig gewordene Tiere gedacht.

Eine Person sprang aus dem Bus, eindeutig zu jung, um einen Führerschein zu besitzen. Sie spürte, wie es zurückkam.

Was sie ihren Söhnen erklärt hatte, war die Wahrheit: Neben ein paar aufgegebenen Höfen, die über die Jahre von der Landschaft zurückgeholt worden waren, und einer Handvoll vor sich hinmodernder Scheunen war Tanngrund nichts mehr. Alles ging langsam und auf eine aufwühlende Weise zugrunde. Ein verrohender Garten, übersät von gärenden Früchten und durchsummt von Wespen und Fliegen. Aber Marta hing an der staubigen Stille dieses hypnotisierenden Orts, in dem sie einen so verbrecherischen Lebenswillen spürte, daß der Tod hier ungleich näher schien als irgendwo anders. Niemand lebte hier. Es gab kein einziges bewohntes Haus weit und breit außer ihrem.

Er, denn jetzt erkannte sie deutlich, daß es sich um einen Knaben handelte, schlug die Tür des Wagens zu, und einen kurzen Moment lang hoffte Marta noch, es würde nicht anfangen. Hoffte, sie hätte sich geirrt, und er wäre nicht das, was sie sah: ein dreizehn-, höchstens vierzehnjähriger Knabe mit einem Mund, mit dem etwas nicht zu stimmen schien. Er lächelte, aber auf eine Art, als gehörte das Lächeln nicht zu seinem Gesicht. Einen Moment hoffte sie tatsächlich noch, er würde nur angehalten haben, um eine kurze Pinkelpause zu machen, würde sich dann wieder in den Bus setzen und verschwinden, aber da hatte er schon angefangen, an der Klinke ihres Gartentors zu rütteln, bis es nachgab und aufschwang, und dann betrat er Martas Grundstück.

Marta versuchte, an nichts zu denken. Sie sah über den See, der nur dreißig Schritte entfernt lag, und der im Herbst nach Harz und im Sommer dunkelgrün und nach Laich roch. Als sie zurücksah, war der Knabe immer noch da.

Es war ein Irrtum. Sie bekam nie Besuch.

Es war nur ein Knabe, sagte sie sich, sehr jung, ungefährlich. Aber er fuhr einen VW-Bus und hatte einen Mund, der aussah, als hätte er daran herumgeschnitten.

Sie hatte ihren Söhnen nicht geglaubt, aber sie hatte gewußt, daß es eines Tages passieren würde.

Es war noch immer früh, der Morgen war umgeben von den blauen Schatten der Föhren. Marta sah sich wie von außen, in ihrer Küche, ganz allein, und jemand Fremdes stand auf ihrem Grundstück. Sie spürte die Schönheit dieses verlassenen Orts auf ihrem Haus liegen, schmerzhaft wie eine Zärtlichkeit, und sie schien, den Föhren gleich, dämmrige Schatten über alles zu breiten. Sie sah sich im Schatten, die Hand in das Geschirrtuch verkrampft, und wie sie diese Person beobachtete, die in ihr Leben einbrach.

Es war ihr Haus, und sie liebte ihr Haus.

Als Marta noch mit Steffen und den Kindern hier wohnte, hatte sie die Jahre ihrer Ehe damit verbracht, das Haus zu beschützen.

Am Anfang fand Steffen es abenteuerlich, hier zu wohnen, eine Herausforderung. Doch dann waren die Nachbarn nach und nach weggezogen, und als Steffens Arbeitskollegen anfingen zu witzeln, daß Tanngrund allein deshalb noch nicht aus den Landkarten gelöscht würde, weil nur ein paar Sturköpfe sich noch hartnäckig weigerten, ihr Haus aufzugeben, hatte er angefangen, von der Stadt zu sprechen.

Warum sie Steffen geheiratet hatte, wußte Marta nicht mehr. Es mußte einen Grund gegeben haben, sonst hätte sie ihn nicht vergessen können.

Wenn sie an Steffen dachte, fiel ihr immer als erstes seine Energie ein. Dieser provozierende Eifer, den er bei allen Dingen an den Tag gelegt hatte, und wie er immer alles übertrieb, auch das Gute. Wie er ständig geschäftig durch Garten und Hof gelaufen war, die Werkzeugkiste oder wenigstens einen Schraubenzieher in der Hand, um etwas aufzubauen oder zu reparieren. Er hatte den Jungs einen Sandkasten und eine Schaukel gebaut, hatte aus Holz und Draht eine riesige Vogelvoliere gezimmert. Den Swimmingpool hatte Marta nur mit Mühe und Not verhindert, und Steffen hatte immer gedacht, es wäre ihr ums Geld gegangen.

Er hatte heimlich eine Hollywoodschaukel liefern lassen, damit Marta und die Kinder es bequemer hätten, wenn sie draußen lesen wollten. Anstelle des Swimmingpools legte er schließlich einen Teich an, kaufte Schilfrohr und Goldfische.

Sie verdächtigte ihn, all diese Dinge nicht für die Kinder zu tun, wie er vorgab, sondern für sie, Marta. Sie aber konnte sich nicht dagegen wehren, und das trieb sie langsam in eine wilde Verzweiflung. Sie sah ihm dabei zu, wie er überall Hand anlegte, wie er Bäume pflanzte und beschnitt, wie er den Rasen mähte und defekte Stellen im Dach ausbesserte. Er ging mit den Kindern in die Blaubeeren, oder sie radelten alle zum Dorfkrug und aßen Vanilleeis. Marta aber war immer ein bißchen enttäuscht und wußte nicht einmal, wovon. Sie spürte die Müdigkeit zwischen ihren Schläfen. Je mehr Überraschungen Steffen sich ausdachte, desto größer wurde ihre Erschöpfung, und dann hatte Marta ihren Widerstand aufgegeben.

Sie hatte sonntags karierte Tischdecken auf den Gartentisch gelegt, hatte Kartoffelsalat und Limonade daraufgestellt und ihre Söhne mit dem Schlauch durch den Garten toben hören.

Bis auf unbedeutende Details ähnelten sich die Sonntage im Sommer, so wie Mürbeplätzchen einander ähneln, bevor man sie mit Zuckerguß bestreicht. Immer hatte sie zu Steffen geschaut, der in seiner rotbraunen Badehose das Transistorradio einzustellen versuchte und die Antenne in alle Richtungen verbog, bis schließlich Musik durch den Mittag drang. Und jedesmal hatte sie dabei gespürt, daß ihre Lippen zu dünn über ihren Zähnen lagen.

Sie hatte über den Grund zu den anderen Häusern gesehen, Insekten schwirrten, die Jungs verspritzten Wasser und kreischten hell vor Freude, die Sonne war ein glühender Block, und sie hatte gedacht: Vielleicht ist das Glück. Vielleicht ist es das Glück, das ihre Mutter sich für sie gewünscht hatte. Sie hatte gewußt, gleich würde Steffen mit den Kindern zum Händewaschen in der Küche verschwinden, er vergaß das nie vor dem Essen, genau wie er nie das Zähneputzen danach vergaß, das war eine klare Regelung, und er hielt sich daran, mit derselben Gewissenhaftigkeit, mit der er sich morgens die Nacht aus der Kehle räusperte und ins Waschbecken spuckte oder geschnittene Fußnägel sofort zusammenfegte und im Klo runterspülte.

Immer hatte sie noch übers Tal gesehen, wenn Steffen sich mit den Kindern schon an den Tisch gesetzt hatte. Sie hatte Steffen ihren Namen rufen hören, seine vertraute, freundlich brummige Bärenstimme, und als sie dann den leisen Unwillen in sich wahrnahm und gleich runterschluckte, sich umdrehte und lächelnd an den Tisch kam, hatte sie es wieder nicht sagen können.

Der Sommer verwirrte sie Jahr für Jahr, er ermüdete und verdroß sie, er staute sich in ihrem Körper und strahlte abends seine Hitze durch ihre Haut ab.

An einem solchen Sommertag hatte Steffen Marta schließlich vorgeschlagen, das Grundstück in Tanngrund zu verkaufen und in die Stadt zu ziehen.

Das war der Sonntag gewesen, an dem Marta aufgestanden war, vom Tisch aufgestanden, sehr langsam, weil sie plötzlich das Gefühl hatte, ihre Beine oder Arme könnten abbrechen, wenn sie sich zu schnell bewegte. Sie hatte etwas in ihrem Innern sich bewegen gespürt, und Steffen hatte sie angestarrt, seine Augen hatten sich immer mehr geweitet, und sie hatte die Äderchen in seiner Iris gesehen. Sie sah ihn etwas rufen, sah, wie die Kinder sie ängstlich ansahen, einen Flunsch zogen und anfingen zu weinen, wie Steffen aufstand und den Tisch dabei umwarf, und die Jungs weinten immer stärker und hielten ihre Gabeln fest in den Fäusten, und dann war Steffen plötzlich bei ihr und hatte an ihr herumgerissen.

Marta aber spürte nur einen unermeßlichen Kummer, und weil dieser Kummer größer war als alles, was sie je empfunden hatte, hatte sie es vorgezogen, an jenem Sonntag in Ohnmacht zu fallen und erst wieder die Augen aufzuschlagen, als sie allein war. Allein in Tanngrund.

Das einzige, was sie je geliebt hatte, war dieses Haus.

Das Zischeln der Insekten im Gras. Das Quietschen des rostigen Gartentors und der See, von wilder Kamille und Resede umwuchert. Die blauen Schatten der Föhren und der überwältigende Geruch von Heckenrosen. Manchmal stand sie lange reglos vor dem Haus, bezwungen vom Abend, und sie spürte eine tiefe Qual, für die sie keine Ursache wußte. Sie starrte hungrig über den ganzen Grund, über die verlassenen Höfe, und hatte die erregende Ahnung von etwas Dunklem, Gefährlichem, das draußen auf die Nacht wartete.

Später hatte sie, Marta, die Schuld auf sich genommen, und Steffen wurden die Kinder zugesprochen.

Das Leben mit ihnen in Tanngrund war ein bedauerlicher Irrtum gewesen, das wußte sie aber erst danach, oder ein Zufall, so wie sie alles immer als Zufall erlebt hatte, auch diese Liebe, die beiläufig gekommen und beiläufig wieder gegangen war. Dennoch mochte sie die drei, jedoch auf eine unverbindlich interessierte Art. Wie man Werbespots mochte vielleicht. Die waren bunt und lustig, hatten eine eingängige Melodie, und man konnte sicher sein, daß sie nicht ewig dauerten.

Dieses Haus, doch auch das hatte sie erst später gewußt, war für immer.

Sie hatte die Gestalt das erste Mal bemerkt, als sie magere Winteräpfel in ihrem Korb sammelte. Sie fuhr längst nicht mehr in die Stadt, um einzukaufen; was sie brauchte, fand sie in Tanngrund. Kartoffeln, Rüben und die heimischen Obstsorten. Die notwendigsten Dinge brachte Steffen mit, wenn er die Zwillinge bei ihr ablieferte. Auch das, was die Jungs aßen: Cornflakes, Fischstäbchen und Ketchup. Er brachte auch immer eine Zeitung mit, und die hob sich Marta für die langen, dunklen Winterabende auf. Dann las sie alles sehr sorgfältig, selbst die kleinste Anzeige las sie, sie las die Zeitung so oft, bis das Papier dünn und die Buchstaben nicht mehr zu erkennen waren, und dann war Sommer, und eine neue Zeitung kam.

Es passierte im letzten Herbst. In der verwilderten Obstplantage, die etwa einen Kilometer von ihrem Haus entfernt lag. Und seitdem sah sie die Gestalt in größeren Abständen immer wieder. Zuerst hatte sie gedacht, es wäre einer der ehemaligen Nachbarn, der noch etwas Vergessenes aus seinem Haus holen wollte, und sie hatte sich nicht weiter beunruhigt. Aber dann bemerkte sie das Wesen häufiger. Es bewegte sich durch die Höfe, und langsam war es Martas Grundstück näher gekommen. In diesem Jahr hatte Marta ihren Söhnen verboten, auf den Höfen zu spielen und sich zu weit vom Haus zu entfernen.

Sie beobachtete heimlich, wie das Wesen die Gehöfte durchstreifte. Mit großer Behutsamkeit schob es Regentonnen beiseite, griff hinein, öffnete die Ställe und tastete sich die rissigen Wände entlang. Marta hatte sich immer, wenn sie es von ferne bemerkte, hinter den Bäumen verborgen und vorsichtig durch das Blattwerk gespäht, und nie hatte das Wesen sie bemerkt. Aber einmal, als schon der erste Frost gekommen war und Marta mit klammen Fingern Hagebutten pflückte, darauf bedacht, keinen Laut von sich zu geben, denn keine hundert Meter entfernt ging die Gestalt um einen alten Taubenschlag herum, mußte sie sich durch etwas verraten haben. Sie sah, wie das Wesen plötzlich den Kopf hob und ganz still stand, als ob es witterte, und wie es langsam den Kopf in ihre Richtung drehte. Marta drückte sich in das Gebüsch, sie war ganz sicher nicht zu sehen, aber sie sah, wie das Geschöpf etwas in ihre Richtung flüsterte und wie es dann wartete, lauschend, den Kopf schräg gelegt, die Augen geschlossen, und wie es die Fäuste hob und öffnete, als ob es auch mit den Händen lauschen wollte. Marta hatte auf die Hände gesehen, und selbst aus der Entfernung hatte sie das Gefühl, daß etwas mit ihnen nicht stimmte.

Das Wesen schwankte in ihre Richtung, langsam und so, als wären seine Beine ungleich lang, doch es kam immer näher, und Marta stand wie erstarrt und konnte sich nicht rühren oder wollte es nicht, und dann schrak sie jäh zusammen, denn sie hatte bemerkt, daß es verwundet war. Das Geschöpf trug ein Hemd, das trotz der Kälte geöffnet war, und über seine Brust verlief ein Schnitt. Es hielt an und machte die Augen wieder auf, die es bis dahin geschlossen gehalten hatte, und dann konnte Marta nur noch in diese Augen sehen, die seltsam schön und traurig waren, und sie hatte die zusammengeballte Hand zwischen ihre Brüste geführt, wie um sich etwas in Erinnerung zu rufen. Die durchscheinenden Augen hatten auf Marta gelegen, und da hatte sie gewußt: Dieses Geschöpf war blind.

Während Marta den Knaben dort draußen in ihrem Garten betrachtete, stellte sie bestürzt fest, daß sie sich von allem zu verabschieden begann.

Gedanken kamen über sie, schlagartig, als wüßten sie, daß sie nur jetzt noch Gelegenheit hätten, gedacht zu werden. Daß alles sich ändern würde, sobald der Knabe den Weg bis zur Haustür hinter sich hätte.

Sie war immer verwundert gewesen, daß sie nie ihre Unschuld verloren hatte. Selbst als sie und Steffen geheiratet hatten. Sie kannten sich von klein auf, und dann hatten sie sich geküßt, angefaßt und miteinander geschlafen, und später war Marta verlegen gewesen, wie unspektakulär es war, dazuzugehören. Aus der Welt der Erwachsenen gestohlene Berührungen, hatte sie gedacht, sie spielten ja nur. Es würde noch etwas passieren.

Steffen war mit ihr hierhergezogen, doch es war Marta gewesen, die dieses Haus gefunden und gekauft hatte. Sie hatte gedacht, mit dem Umzug würde sich alles verändern, doch es war nichts passiert. Nach einem Monat baute Steffen Holzställe und schaffte ein paar Kaninchen an, und sie hatte sich gefreut und doch den Wunsch verspürt, laut zu schreien oder jemanden zu quälen, dabei hatte sie noch nie geschrien, noch nie gequält.

Sie weinte heimlich und war voller Zorn und wußte doch nicht, weshalb.

Als sie schwanger wurde, war sie sicher, erwachsen zu sein. Doch nachdem sie die Jungs zur Welt gebracht hatte, fühlte sie sich stärker denn je von ihrer Unschuld umschlossen. Ein Gefühl, wie in Watte zu gehen, sie war unberührbar.

Selbst wenn sie die Platzwunden ihrer Söhne versorgte, schlug ihr Herz nicht schneller, sie blendete das Wehklagen der Kinder aus, drückte sie an sich, summte beruhigend und war mit ihren Gedanken weit weg. Nein, das stimmte nicht, dachte sie. Nicht weit weg. Sie war mit ihren Gedanken nirgendwo. Sie hatte die Jahre ihrer Ehe damit verbracht, an nichts zu denken und das Glück darin gefunden, das ihre Mutter sich für sie gewünscht hatte.

Morgens stand sie lange vor dem Spiegel und sah sich an: rosige Wangen, dichtes braunes Haar, das sich anmutig um ihr Mädchengesicht wellte, nur die Augen lagen vielleicht ein wenig zu tief und schwarz in ihren Höhlen, doch ohne Zweifel eine schöne Frau, und sie wußte es und hatte gute Laune gehabt und war doch elend gewesen. Immer gab es diese eine, leise Enttäuschung, diese heimliche Bitterkeit in ihren Augenwinkeln, und dann wendete sie sich ab und versuchte wieder, an nichts zu denken, denn auf keinen Fall wollte sie sich festhalten lassen von dieser Frau im Spiegel. Eine junge Frau mit bunten Spangen im Haar. Und das war bis heute so geblieben.

Bis dieser Knabe dort aufgetaucht war.

Er hatte das Gartentor geschlossen, blieb mitten auf dem Weg stehen und starrte zu Marta herein.

Zumindest kam es Marta so vor. Dabei konnte das nicht sein, denn sie stand im Schatten und war von draußen nicht zu sehen. Dennoch starrte der Knabe, und Marta zuckte vor der Kraft und dem brutalen Willen dieses Gesichts zusammen.

Der Knabe stand reglos. Dann machte er einen Schritt. Nur einen und blieb wieder stehen. Doch die winzige Bewegung hatte genügt, ihn vollkommen zu verändern.

„Das ist kein … das ist gar kein …“, flüsterte Marta panisch, und sah, wie das Geschöpf ebenfalls die Lippen bewegte, gleich ihr zu flüstern schien. Da begann sie zu schwanken.

Sie hatte es immer gewußt.

Sie krallte sich am Fenstersims fest und bemerkte, wie bleich ihre Finger waren. Sie kannte diese Person, zumindest meinte sie zu wissen, wer das war, und ihr Körper kam ihr plötzlich zart und gierig vor, nicht ihr eigener Körper, sondern der Körper, den sie in Träumen hatte.

Das dort war kein Knabe, wußte Marta. Aber es war auch kein Mädchen. Es war irgend etwas Erwachsenes.

Sie erinnerte sich an das, was sie träumte und tagsüber vergaß, bis sie wieder im Bett lag und sich flach atmend erinnerte. Etwas, das die verlassenen Höfe durchstreifte und auf der Suche war.

Die Gestalt bewegte sich nicht. Regungslos wie Marta stand sie mitten auf dem Weg und starrte auf das Küchenfenster.

Als das Geräusch von Steffens Auto verstummt war, war Marta durchs Haus gegangen, hatte das Zimmer der Jungs saubergemacht, die Betten abgezogen, die Laken und Bezüge zusammen mit den Handtüchern in die Waschmaschine gestopft, hatte die Maschine auf neunzig Grad eingestellt, Waschpulver dazugetan, auf Start gedrückt und erleichtert gedacht: Das war es also für dieses Jahr.

Es war nicht so, daß ihr die Jungs nichts bedeuteten. Sie waren ihr einfach fremd. Von Anfang an waren sie ihr fremd gewesen, ihr ständiges Gelärme, die Wildheit, ihre aufgeschlagenen Knie. Jeden Abend Kletten und feuchte Spuren von Rotz und Tränen an Pulloverärmeln. Ihre immerwache Bereitschaft, miteinander zu ringen, sich anzustoßen und umzuwerfen. All das verwirrte sie zutiefst. Diese Ungeschicktheit, mit der sie überall aneckten, Stühle oder volle Limonadengläser umwarfen und Martas Teppiche und Damasttischdecken verdarben. Die Bestecke, die in ihren Händen zu Schwertern und Beilen wurden. Marta hatte ständig Angst um die Jungs, wenn sie da waren, und da sie es haßte, Angst zu haben, verließ sie das Haus, wenn die beiden aufstanden, das ganze Bad überschwemmten und dann in einem tollkühnen Tempo die Treppe hinunterrasten.

Sie war den Pfad bis zur Bergspitze hinaufgestiegen, hatte hinunter in die Höfe gesehen, mit zusammengekniffenen Augen und dünnen Lippen. Grillen zirpten, Brombeersträucher hatten ihre Waden gestreift, und manchmal war sie so nah am Felsrand entlanggelaufen, daß eine unvorsichtige Bewegung, ein Straucheln hätte gefährlich werden können.

Am liebsten mochte sie die Jungs, wenn sie schliefen. Dann stand sie neben ihren Betten, sah in die glatten Gesichter. Sie öffnete ihre kleinen, heißen Fäuste, die manchmal einen Stein, eine Muschel oder eins der zerbeulten Matchboxautos umschlossen. Sie legte die Schätze auf den Nachtschrank und strich ihnen die verschwitzten Locken aus der Stirn. Sie betrachtete die schlafenden Gesichter, die leicht geöffneten Lippen und spürte eine tiefe Verwunderung in sich. Nie hatte sie diese Jungs als ihre eigenen Kinder gesehen.

Die Gestalt hatte sich langsam in Bewegung gesetzt.

Es war etwas Mageres an der Art ihrer Bewegungen, etwas Schüchternes und Kindhaftes, dennoch kam es Marta vor, als wäre das nicht die ganze Wahrheit. Als handelte es sich zugleich um eine Pose. Als würde die Gestalt Gesten nachahmen, die ihr früher einmal eingeschärft worden waren. Denn je näher sie kam, desto schneller alterte sie, und Marta fragte sich, wie sie sie auch nur eine Sekunde lang als einen Dreizehn- oder Vierzehnjährigen hatte verkennen können.

Das war nicht Magerkeit, das war Hunger.

Der Gedanke war da, unerklärlich, wie das Lied in ihrem Kopf.

Er ist nicht harmlos, dachte sie. Er ist kein Kind.

Sie war erschrocken, dabei hatte sie gedacht, sie wäre nicht fähig zum Erschrecken. Einen kurzen Moment lang überlegte sie, den Telefonhörer abzunehmen und jemanden anzurufen. Steffen, ihre Mutter oder die Polizei. Aber das war absurd.

Marta dachte an die Zeit ihrer Schwangerschaft, als sie sich jeden Morgen auf dem Klo übergeben mußte. So lange, bis nur noch Galle kam. Wie sie gespült und die Wange erschöpft auf den Beckenrand gelegt hatte, und wie ihr das Wasser ins Gesicht gespritzt war. Wie sie dann aufgestanden war und sich Gesicht und Hände gewaschen hatte. Sie hatte in den Spiegel gesehen, jeden Morgen. Eine bleiche Frau, fünfundzwanzig Jahre alt, auf unaufdringliche Weise hübsch, die Brauen und Wimpern zu hell über den tiefliegenden Augen, auch der Mund bleich. Die Lippen fest über die Zähne gespannt. Sie hatte sich ins Gesicht geschlagen, damit die Wangen wieder Farbe bekamen. Ich bin erwachsen, hatte sie laut gesagt, ich erwarte ein Kind, und hatte doch gespürt, daß ihr das Leben wieder nicht widerfuhr.

Und jetzt sollte sie sich davor drücken?

Die Frau, die aussah wie ein Knabe und keine Frau war, kam näher.

Sie ging ganz langsam, und Marta nahm Abschied. Mit einem letzten Blick nahm sie Abschied. Sie ließ die Augen über die Möbel gleiten, dann über die Wände, die liebgewordenen Risse im Putz, über die kleinen Glastropfen, die sie an die Decke gehängt hatte, und über die überflüssigen Sofakissen, die sie in schlaflosen Nächten gestickt hatte.

Sie verließ die Küche, ging den Korridor entlang bis zur Haustür, hörte die Schritte auf der Ausfahrt, kaum mehr zehn Meter entfernt, sah durch das Glas, wie die Frau, die etwas anderes war, lief, durch ihren Garten, an ihrem See vorüber, feste Schritte, die Hände in den Taschen, sah, wie sie vor der Glastür stehenblieb. Schon bevor sie die Hand nach dem Klingelknopf ausstreckte, hörte Marta das Klingeln. Marta wollte die Tür aufdrücken, doch sie war schon auf.

„Wer bist du?" flüsterte Marta. Flüsterte das Geschöpf.

Staub stieg, Wind griff ihn auf, ein langgezogener Schrei, abrupt zerreißend, Wolken, aufgehend, sich lösend, Halblicht, Schatten der Haselnußsträucher, über den Hof fegend, Augen, die sich schlossen und öffneten, ein Gefühl von Verdorbenheit, von Wahrheit, Wasser kam, Speichel, ein Geflecht aus Venen und Arterien, ganz nah, wie herangezoomt, Kapillaren und kleine Bläschen, platzend, versprühend, verdampfend, Wasser verging, Trockenheit, unsägliche Trokkenheit, Risse, die Kehle weiß, kalkweiß wie Knochen, Blässe, Nägel und Augen, nein, ein Gesicht nur aus Zähnen, und nein, das war nicht Magerkeit, Staub stieg, Wind griff ihn auf, ein langgezogener Schrei …

Marta wollte etwas antworten, aber dann atmete sie nur.

Das Geschöpf trat einen Schritt zurück, wie um Marta Gelegenheit zu geben, es anzusehen, und Marta sah in dieses zerstörte, anmutige Gesicht und spürte, wie schrill ihre Gedanken sich verzerrten, eine blinde, fast boshafte Zärtlichkeit in ihr, und sie wußte plötzlich, sie würde es tun.

Die Gestalt begann zu lächeln und öffnete ihre Hände in Martas Richtung. Über die Handflächen zog sich jeweils eine Narbe. Martas Augen saugten sich daran fest, und sie fühlte das Entsetzen in ihren Schläfen.

„Hol mich", sagte der Mann. Sagte die Frau, die zugleich nichts von beidem war. „Bitte", und vielleicht war das in diesem Gesicht ein Lächeln, aber wie konnte sie sicher sein.

Sie war nervös und verängstigt und doch auf eine tödliche Weise entschlossen.

Die Frau hatte sich umgedreht und war den Weg zurückgegangen. Marta sah ihn gehen, und der Körper war zart und gierig wie der Körper, den sie in Träumen hatte.

Marta würde gehen und kommen, diesen brutal zerstörten Mund dort fassen, festhalten. Marta würde sich selbst holen, und sie würde es von jetzt an tun, von Anbeginn, ganz von vorn. Es hatte angefangen.

Sie stieß die Tür hinter sich zu. Sie ging. Sie ließ den Schlüssel stecken und drehte sich nicht um.

Für ewig

Manchmal gehst du an dem Haus vorüber, ohne den Kopf zu ihrem Fenster zu heben. Manchmal bleibst du kurz am Eingang stehen und siehst auf die Klingelknöpfe. Und manchmal steigst du die Treppen bis zur Wohnungstür hinauf und streichst über das F auf ihrem Namensschild.

Der Frühling ist vorüber. Es blüht schon lange kein Flieder mehr. Deine Freundinnen rufen an und weinen sich aus.

„Es ist nicht die Liebe, die kaputtgegangen ist", sagst du leise in die Muschel. „Es ist die Aufmerksamkeit. Ihr habt die Liebe einfach übersehen. Da ist sie aus Enttäuschung gestorben."

Ich weiß, daß du das sagst, weil ich dasselbe sage. Ewige Frühlinge gibt es nicht. Oder nur ganz selten.

Aber immer wieder kommt eine Nacht, da verliert man sich im Fliederhaar einer Frau. Süßen Nektar saugt man aus ihren Worten. Händevoll Blausternchen schüttet man über sich aus, um gemeinsam am Duft zu ertrinken.

Der Frühling hat eine dünne Haut aus Mohnblütenfleisch. Jedesmal vergißt man aufs neue, daß der Mohn seine Blätter bei der leichtesten Berührung verliert. Die Hände sind kühl wie Tulpen in der Nacht, und am Morgen wird man von den Schneeglöckchen geweckt.

Jetzt brütet der Sommer auf den Straßen. Er macht den Teer weich. Fahl vor Glut hockt er in den Büschen und brennt das Grün aus den Blättern. Den Leuten klebt Schwarz an den Sohlen. Deine Freundinnen rufen an und weinen sich aus.

„Wie hat es angefangen? Du hast eine Einladung zu ihr nach Hause angenommen, oder?“

Du hörst sie nur schluchzen.

Einmal wirst du es deinen Freundinnen sagen. Wie ich. Einmal werden wir sagen, was niemand hören will: daß die Liebe nicht an großen Dingen stirbt, sondern an kleinen.

„Du hast dich dafür interessiert, welche Farbe ihre Badezimmergarnitur hat.“ So würdest du einmal beginnen. Deine Freundinnen würden vor Schreck aufhören zu schluchzen. „Du wolltest wissen, ob in ihrer Küche ein Teppich liegt oder nicht. Ob Brölio-Pflanzenöl oder Walnußöl im Schrank steht. Ob auf ihrem Nachtschrank Kekse, *Franziska Linkerhand* oder Aspirin liegen, nicht wahr?“

Das Schweigen würde gelähmt in der Leitung hängen. Wer liebt, will Dramatisches hören. Aber der Frühling ist vorüber.

„Du wolltest doch unbedingt ihre Zahnbürste von Nahem ansehen, oder? Hast in ihrem Küchenregal alles verschoben, um dich zu vergewissern, daß sie den guten Rondo-Kaffee aus Magdeburg trinkt und nicht die böse, grüne Krönung?“

Und bevor deine Freundinnen den Hörer aufknallen, würdest du noch den letzten Satz sagen: „Das Bedeutendste allerdings war doch immer: Was verbirgt sich in ihrem Badezimmerspiegelschränkchen?“

In diesem Moment würden deine Freundinnen jedoch schon zu einem Dauerton zusammengeschrumpft sein. Wer liebt, will nicht wissen, daß die Liebe an Belanglosigkeiten zugrunde geht. Aber einmal, das weißt du, und ich weiß es auch, einmal würden wir alles aussprechen, um der farblosen Wahrheit eine Stimme zu geben.

„War es nicht so …“, würden du und ich in den Hörer flüstern, „… daß der Weg zur gemeinsamen Badbenutzung am Morgen sehr kurz war? Warum hast du nicht das Geheimnis über ein blondes Haarbüschel im Klo bewahrt? Wer hat dich gezwungen, die Diskretion über Hühneraugenpflaster und Hornhautraspeln aufzugeben?

Weshalb hast du den Blick in den Spiegel über dem Waschbecken nicht vermieden, obwohl sie sich gerade die Mitesser aus der Nase drückte?"

Ja, einmal würden wir beide das Drama in Worte fassen: „Ihr habt euch beide nichts dabei gedacht, nicht wahr, als du angefangen hast, ihre Slips anzuziehen und sie deine Post zu lesen begann? Und dann hast du dich langsam darüber geärgert, daß sie überall in der Wohnung ihre Taschentücher verstreut hat. Und sie? Denkst du, sie hatte nicht die Nase voll davon, deine Kippen aus den Blumentöpfen zu fischen? Du hast dich aufgeregt, daß sie nie das Bett gemacht hat. Aber was meinst du, wie sauer sie jeden Morgen war, wenn sie sah, daß schon wieder ihre CDs ohne Hüllen übereinander lagen."

Begehren ist einfach. Es ist die Unkenntnis ihrer Alltäglichkeit, die die Schönheit einer Frau erhält.

„Und du – bist du eigentlich glücklich?" würde dich eine deiner Freundinnen einmal fragen. Du würdest sie ansehen und nicken.

„Wie heißt sie?"

„Fina", würdest du sagen. „Oder Franziska."

„Wie, du weißt es nicht?"

„Namen sind nicht wichtig", würdest du antworten, „ihrer beginnt mit F, das steht auf ihrem Namensschild. Wir sind seit zehn Jahren ein Paar. Sie ist so schön wie am ersten Tag."

Du würdest deine Freundin ans Fenster ziehen und zum Nachbarhaus hinüberzeigen. Sie könnte vielleicht einen Schatten hinter den Vorhängen eines bestimmten Fensters erkennen.

„Da wohnt sie", würdest du erklären. „Meistens zieht sie die Vorhänge zurück und sieht herüber. Ich lache ihr dann zu. Sie setzt sich ab und zu ans Klavier und spielt Beethoven. Fraya, das könnte ihr Name sein ...", würdest du versonnen sagen. „Manche Abende sitzen wir einfach nur da und lesen, sie in ihrem Sessel und ich auf dem Sofa, die Vorhänge sind geöffnet, und wenn wir die Köpfe heben, dann sehen wir die andere sitzen. Ich hebe mein Glas, und sie hebt ihres, und das sind die ruhigen Abende. Manchmal zieht sie ihren Sessel ans Fenster. Sie berührt ihr Gesicht. Und ich spüre ihre Fingerspitzen auf meiner Stirn, der Nase, über den Lippen. Ich sauge den Finger ein, und sie läßt sich ins Polster zurückfallen. Sie zieht mein Shirt aus der Hose, ich öffne ihre Bluse. Sie streichelt mit ihren

Nägeln um meinen Nabel, ich taste nach ihren Brüsten. Sie öffnet einhändig die Knöpfe an meiner Jeans, sie ist geschickt. Ihre Hose hat nur einen Knopf. Ich ziehe den Reißverschluß herunter. Sie lächelt und streicht den Nabel hinab. Ihre Finger sind kühl, sie kennen den Weg. Ihr Haar knistert, wenn ich mit den Fingerspitzen hindurchfahre, es ist schwarz. Ich bewege die Finger langsam, sie mag es langsam. Ich werde nie müde, sie zu lieben. Manchmal sind ihre Vorhänge zu. Dann streichelt eine andere ihr Haar, saugt eine andere ihr die Lust von den Lippen, gibt eine andere ihr einen Namen. Manchmal sind meine Vorhänge zu. Dann rascheln bei mir Rock und Strümpfe, und ein Auge glänzt auf in dem Streifen Mondlicht, der durch den Spalt im Vorhang hereinleuchtet. Wir leben in einer offenen Beziehung."

„Aber das ist doch kein Zustand, so", würde deine Freundin sagen.

„Wie meinst du das?" Die Überraschung in deiner Stimme wäre echt. „Ich freue mich jeden Tag auf sie. Wir wissen viel voneinander. Felicitas, ja, vielleicht heißt sie Felicitas", würdest du lächelnd sagen und dann eine Weile schweigen, bevor du fortfährst: „Manchmal öffnen wir unsere Küchenfenster weit und sehen uns beim Kochen zu. Wir haben auch schon dasselbe gekocht und uns kaputtgelacht dabei. Es ist nicht einfach, dasselbe zu kochen ...", würdest du erklären, „... wenn man auf zehn Meter erkennen muß, was gerade in den Topf fällt. Wir bügeln sogar zusammen. Manchmal sehe ich ihr beim Blumenumtopfen zu oder bei der Gymnastik, wenn ich am Schreibtisch arbeite. Und sie sieht mich abwaschen, während sie am Klavier übt. Wir teilen sehr viel Alltag, und trotzdem vermeiden wir die Belanglosigkeiten. Ich liebe sie über alles."

Deine Freundin würde dann vielleicht nichts antworten, und du könntest fortfahren: „Manchmal sehe ich Frauke im Supermarkt. Dann wechsle ich sofort den Gang. Einmal war sie beim Friseur vor mir dran. Und als sie fertig war, ging sie an mir vorbei, wie blind, sie würdigte mich keines Blickes. Ich hätte dasselbe getan. Ein anderes Mal, das war im Winter, saßen wir beide mit Bronchitis beim Arzt im Wartezimmer. Wir hatten uns in einer Nacht zuvor geliebt und die Fenster weit dabei geöffnet. Ich sah sie sitzen, als ich das Wartezimmer betrat, aber mein Auge streifte sie nur kurz, dann griff ich nach der Super Illu vertiefte mich in Klatsch und Tratsch. Wir wurden beide eine Woche krank geschrieben, und das war herrlich, weil wir uns beim Gesundwerden zusehen konnten. Einmal hat sie mir einen Beutel Lindenblüten vor die Tür gestellt und ich ihr Bienenhonig, und am Abend haben wir uns mit den dampfenden Teetassen zugeprostet. Zehn Jahre, mein Gott ...", würdest du erstaunt ausrufen, „... und ich liebe Flavia wie am ersten Tag."

In dem Moment würde deine Freundin ihre Sprache wiedergefunden haben: „Du bist also wirklich glücklich?"

„Was heißt glücklich!" würdest du ausrufen. „Es ist einfach nur schrecklich. Hast du nicht gehört, daß alles abgerissen werden soll, weil der Hauptbahnhof ausgebaut wird? All das hier ...", und du würdest mit einer Handbewegung den ganzen Komplex mit den Altbauten und Gärten umschließen, „... wird plattgemacht. Aber was wird aus Florence und mir? Das hier, ich kann es nicht anders sagen, ist etwas Verrücktes. Es ist für ewig."

Sie würde nicht antworten.

„Noch ist es nicht soweit ...", würdest du sagen. „Noch ist Frühling für Friederike und mich. Seit zehn Jahren ist Frühling." Und dann würdest du deine Freundin zur Tür führen.

Ich weiß, solange sie noch nicht anfangen zu bauen, wirst du manchmal an ihrem Haus vorübergehen, ohne den Blick zu ihrem Fenster zu heben. Manchmal wirst du kurz am Eingang stehenbleiben und auf die Klingelknöpfe sehen. Und manchmal wirst du die Treppen bis zur Wohnungstür hochsteigen und über das F auf ihrem Namensschild streichen.

Aber ich, meine liebste Cecile oder Clarissa oder Carmen oder Christine, ich werde dir nie die Tür öffnen, denn das hier, ich kann es nicht anders sagen, ist etwas Verrücktes. Es ist für ewig.

Mit Nelken

Ah, da sind Sie ja.

Ich habe schon auf Sie gewartet. Daß Sie trotz der Hitze bis hier rausgefahren sind! Aber kommen Sie, ich habe den Gartentisch gedeckt. Ja, da staunen Sie. Ein toller Garten, nicht wahr? Und Sie sollten erst mal sehen, was der alles abwirft. Was meinen Sie, was man da sparen kann. Sehen Sie, der Kuchen, den Sie da essen, das ist Kürbiskuchen, ganz frische Früchte.

Stimmt, einsam ist es hier schon. Aber ich habe meine Hunde. Ich bin total sicher. Die Hunde sind scharf. Seitdem sie ihn einmal angefallen haben, kommt sogar der Briefträger nicht mehr her. Hol ich halt meine Briefe einmal die Woche vom Postamt ab. Ich brauche niemanden.

Klar bin ich stolz auf den Garten, und das sag ich gern. Idylle? Na ja, wie man's nimmt. Es ist nicht alles eitel Sonnenschein. Ich rede ja nicht gern darüber, aber die Leute, also ich sage Ihnen, das ist unglaublich, was die sich alles zusammenspinnen. Dorfklatsch eben. Aus 'ner Mücke machen die, na, Sie wissen schon: Wenn sich zum Beispiel Schulzes Renate am Morgen in den Finger geschnitten hat, dann heißt es am Abend, sie liegt mit abgehacktem Arm tot im Wald!

Sie haben ja keine Ahnung, was über mich so erzählt wird. Und das nur, weil ich als Frau hier ganz allein ... Nee, nee, lassen Sie mal, mir brauchen Sie da nichts erklären, ich weiß schon, was die im Dorf erzählen.

Aber warum sollte ich deshalb hier weggehen? Das Haus ist groß, und jetzt sagen Sie doch mal ehrlich, würden Sie lieber in der Stadt wohnen bei so einem herrlichen Garten?

Wie? Ach, die Leute ... das ist ja noch gar nichts. Alles Mögliche wollen die ganz genau wissen. Dabei sind die nur neidisch, wenn es mal jemandem gutgeht. Ich zahle keinen Pfennig Miete. Ist ja alles Eigentum. Und mit den Pflanzen, da hatte ich immer schon ein grünes Händchen. Das hab ich von Vater. Nee, ich bleibe schön hier und harke meine Beete.

Was sollte ich denen denn überhaupt erzählen? Etwa, daß es Sommer war und heiß, gräßlich heiß, um genauer zu sein? Die würden das doch gar nicht kapieren.

Die Zunge hat am Gaumen geklebt. Die Fliegen sind dumpf vor Hitze gegen die Fensterscheiben geprallt. Und überall dieser Staub. Ich war einfach durstig, Mensch. Bis zum Abendessen war es weit, und Mutter schälte Kürbis in der Küche. Ich war hineingeschlichen und hatte „Durst" geflüstert. Sie hatte nur finster gelacht, mit Kürbisschalen nach mir geworfen und gebrüllt: „Raus, sonst ..." Sie wetzte die Messer.

Ich war natürlich gerannt. Aber überall hat es nach Kürbis gerochen.

Reicht das aus?

Sehen Sie, das hatte ich befürchtet. Sie wollen die ganze Geschichte hören. Aber ich sage Ihnen, es wird Sie langweilen. Es ist nur dieses Getratsche im Dorf.

„Geh und spiel mit Sabina", hatte Mutter zuckersüß gesagt. ‚Aber Sabina ist strunzlangweilig, und wer mit sieben immer noch mit

Sabina spielt, ist doof', wollte ich brüllen. Doch da hatte sie mich schon am Kragen gepackt und aus dem Fenster ins Gebüsch geworfen. Mutter war so.

Sabina konnte nicht mal auf Bäume klettern. Ich rieb mit der einen Hand mein aufgeplatztes Knie, mit der anderen riß ich die Kletten aus dem T-Shirt. Ich zog den Rotz hoch und kroch ins Freie. Über mir knallte das Fenster zu. Der Riegel wurde vorgeschoben. Ich drehte mich um, und da lag sie im Gras: Sabina. Kugelrund, und sie grinste.

Danach wischte ich mir die Hände am T-Shirt ab.

Der Kater fiel plötzlich vom Baum und mitten in die Schweinerei, die ich mit meinem kleinen Taschenmesser angerichtet hatte, schüttelte die Pfoten und sprang zur Seite. Er preßte sich gegen mein Bein. Ließ die Barthaare zittern. Zuckte mit den Ohren. Glotzte auf *das da* zu meinen Füßen.

Ich griff ihn im Genick und sah ihm in die Pupillen. „Das bleibt unter uns, Kleiner", sagte ich, dann warf ich ihn hinter mich. Er fauchte und stob davon.

Meine Güte, es war eben heiß.

Die Klinge schmeckte herrlich. Frisch und süß und nur ein bißchen nach Metall. Wollen Sie noch ein Stück Kürbiskuchen? Na, nun nehmen Sie schon. Ich habe genug da.

Dann hatte Mutter zum Abendessen gerufen. Der Staub senkte sich langsam. Es gab Kürbissuppe.

Eine Frage des Geschmacks, meinen Sie wirklich? Ich hatte keine Wahl, verdammt!

Es war Mutters Schuld.

Sie hatte ständig Kürbis gegessen. Eimerweise Kürbis. Kürbis roh und Kürbis gekocht, süßsauer, mit Sahne, in Joghurt, im Kuchen, als Suppe, als Brei, als Kompott. Ja, vor allem als Kompott. Eingeweckt. Und ich habe mitgegessen. In ihrem Bauch.

„Wo ist Sabina?" hatte Mutter gefragt. Ich zuckte mit den Schultern und löffelte weiter. Kürbissuppe mit Stücken drin. Lecker.

Man sagt, den allerersten Geschmack verliert man nie mehr. Ich kann nichts dafür. Sie haben noch eine Weile nach Sabina gesucht. Dann haben sie aufgegeben. Der Kater? Ja, den hatte niemand gefragt.

Jana stand im Supermarkt. Mich traf fast der Schlag. Ich war sieben, als die Sache mit Sabina passiert war, und jetzt war ich siebenundzwanzig, und ich hatte jenen Sommer fast vergessen und meinen Durst und die dumme Sabina, die niemand mehr erwähnt hatte, sie war ja auch rund und belanglos und ersetzbar. Doch dann plötzlich diese Jana im Supermarkt, und mein Herz begann zu rasen, denn sie sah aus wie Sabina, ehrlich, haargenauso: Die Haut orangegelb, ein dickes Gesicht, und sie sagte kein Wort. Lächelte nur, als ich sie einlud, was trinken zu gehen.

„Sabina", flüsterte ich später zum Sitz neben mir, als der Motor leise aufbrummte. „Sabina, bist du es?"

Sie hat nicht geantwortet. Natürlich.

Ich lenkte den Wagen ruhig. Es war Sommer, und es war heiß. Sie roch süßlich. Das ganze Auto roch plötzlich süßlich.

„Hat dir niemand gesagt, daß es gefährlich ist, zu Fremden ins Auto zu steigen?" hatte ich gefragt. Ein Spaß, Sie verstehen schon. Sie sagte nichts. Rollte sich aber plötzlich vom Sitz. Ich mußte an den Kater denken und bremste scharf. Dann war da nur noch ihre Haut. Köstlich. Und kühl.

Der Waldboden war warm. Ich tue es nie im Auto. Schon wegen der Flecken. Und auch so. Es ist irgendwie romantischer, draußen. Es war schon dunkel, und die kleine elektrische Säge hat bestimmt niemand gehört.

Ich bekomme selten Besuch, wissen Sie.

Dabei habe ich Gäste gern. Sie sitzen dann so da wie Sie, essen Kuchen, lächeln und hören so aufmerksam zu. Könnte richtig nett sein, wenn ich nicht sicher wäre, daß ...

Wissen Sie, ich glaube, niemand nimmt mich ernst! Ich glaube, Sie ...

Aber, was erzähle ich denn da schon wieder! Wollen Sie noch ein Täßchen Kaffee? Nehmen Sie nur, es ist der gute, nicht der billige aus dem Dorfkonsum. Den hier bestelle ich per Katalog. Ja, da haben Sie recht: Man lebt nur einmal. Man muß sich auch mal was gönnen. Meinen Gästen schmeckt es jedenfalls immer.

Ja klar, ist es einsam hier. Aber ich mag es einsam. Was meinen Sie, was hier los ist, wenn es Nacht wird! Dann heulen sich die Hunde das Herz aus dem Leib, sogar wenn kein Vollmond ist. Das müssen Sie mal gehört haben. Das glaubt Ihnen keiner. Da verblaßt jeder Gruselfilm dagegen, sag ich Ihnen.

Wie wäre es mit ein wenig Kürbisbowle? Ich habe zur Feier des Tages einen ganzen Krug gemacht. Schauen Sie mal!

Nie hat sich eine gewehrt. Und ich hab immer alles aufgesammelt. Man vergißt ja schnell mal was. Aber es ist Sommer, der Staub rieselt, und den Rest fressen die Ameisen.

Mirjam, Philine und Ella hatten kein Wort gesagt, als ich sie Liebste nannte. Ich hätte auch Kühlschrank oder Regalwand zu ihnen sagen können, da bin ich sicher. Aber mich legt niemand rein. Da können Sie Gift drauf nehmen! Es war jedesmal Sabina. Und Sabina war stumm und dumm und hat lecker geschmeckt.

Die Küsse waren immer gelb und rochen intensiv süß, ekelerregend süß, und ich küßte und saugte, und sie wurden mir schwer. Dann drückte ich zu.

Im Dorf reden Sie, das ist klar. Aber es ist mir egal. Sehen Sie, ich habe meine Hunde und meinen Garten, und was brauch ich denn noch? Mir geht es gut hier.

Bianca hatte geduftet wie Oktober, überreif. Aber was heißt geduftet? Ich habe sie aus zwanzig Meter Entfernung gerochen. Sie hockte eines Tages mitten in meinem Garten, zwischen Sonnenblume und Topinambur. Ich hatte aus dem Fenster gebrüllt. Hatte mit Blumentöpfen geworfen. Sie hat sich nicht gerührt. Da nahm ich drei Stufen auf einmal.

Sie lächelte mit ihrem Mondgesicht, als ich Hand an sie legte. Sie lächelte auch, als ich herzte und biß und scherzte und riß. Sie lächelte, als ich sie aus dem orangegelben Fetzen schnitt und ihr Kopf unter meiner Hand fiel wie eine Blüte. Als ich ihr das Lächeln vom Mund schälte, lächelte sie nicht mehr. Da lag das Lächeln weich in meiner Hand. Und ich kaute.

Sie müssen doch Hunger haben! Ich hab jedenfalls welchen. Lassen Sie uns reingehen. Kommen Sie, ist ja nicht länger auszuhalten hier draußen, bei der Hitze. Klar, Sie können sich das ganze Haus anschauen. Ich zeig Ihnen alles. Natürlich, da brauchen Sie nicht zu fragen, ziehen Sie den Vorhang ruhig auf. Dahinter sind nur die Regale. Und die Einmachgläser. Hunderte Gläser, sehen Sie, nach Jahren sortiert. Ja, sicher, nehmen Sie es ruhig in die Hand. Machen Sie es ruhig auf. Riechen Sie mal. Kürbis? Hier riecht es überall nach Kürbis. Das ist eine Kürbisgegend hier. Haben Sie schon mal Kürbissoufflée gegessen? Ich könnte ja eins machen heute abend. Sie bleiben doch noch zum Abendessen?

Wenn Sie mögen, können Sie das Glas mitnehmen, ich seh doch, daß es Ihnen gefällt. Das ist eine seltene Sorte. Goldgelb, und das Fruchtfleisch ist butterweich. Das zergeht auf der Zunge, sage ich Ihnen. So was bekommen Sie nirgends zu kaufen, das kann ich Ihnen versprechen.

Aber, was haben Sie denn? Was sehen Sie mich so entsetzt an?

Mein Gott, jetzt haben Sie es fallen lassen! Laufen Sie doch nicht weg! O Gott, die Hunde … die Hunde sind los!

Es ist immer dasselbe.

Dabei schmecken sie eingeweckt doch am besten. Ja, eingeweckt und mit Nelken schmecken sie am allerbesten.

Margarits Briefe

Als ich die Nachricht von Elises Tod bekam, war ich im ersten Moment sicher, daß es sich um einen Irrtum handelte. Handeln mußte. Daß Elise mir auf diese makabre Weise zu verstehen geben wollte: „Komm doch mal wieder vorbei, Helen. Ich habe dich ja seit Monaten nicht mehr gesehen.“ Elise war schließlich alles zuzutrauen.

Tomas hatte das Telegramm entgegengenommen. Er war blaß, als er mein Zimmer betrat. „Helen, es ist etwas passiert.“ Er hatte die Nachricht auf meinen Tisch gelegt und dann die Tür sehr leise geschlossen.

Ich konnte nicht weinen.

Ja sicher, sie war schon weit über siebzig, aber das hieß bei Elise doch gar nichts. Sie war das lebendigste Wesen, das ich kannte. Sie fuhr einen alten, roten Barkas und preschte damit über die Feldwege zur zwanzig Kilometer entfernten Stadt, um „Besorgungen“ zu machen, wie sie es nannte. Besorgungen, das hieß, zum Friseur zu gehen und sich das Haar tiefschwarz färben zu lassen. Oder um sich einen Rasenmäher vorführen zu lassen, auf dem sie dann später über unsere Wiese fuhr, fast so halsbrecherisch wie mit dem Barkas.

Das Haus war groß, doch ich machte mir keine Sorgen, daß sie Hof und Garten allein nicht bewältigen könnte, als ich nach der Hochzeit nach Berlin zog. In meinem Geist war Elise immer so jung wie ich. Alter war etwas, was anderen passierte.

Bei Elise konnte man auf alles gefaßt sein: daß sie von heute auf morgen eine Handvoll junger Katzen aus dem städtischen Tierheim mitbrachte. Oder daß sie mit siebzig anfing, sich die Brauen zu zupfen.

Mit allem habe ich gerechnet. Niemals jedoch mit ihrem Tod.

„Wenn ich die Tür öffne, dann ist dort das Meer.“

So hatte Elise unser Zuhause beschrieben, wenn wir im Urlaub waren. Dann lehnte sie sich zurück, nahm einen Schluck Wein und lächelte leise.

Meist fingen die Leute dann an zu schwärmen: „Ja, da brauchen Sie doch gar nicht in Urlaub zu fahren. Das Meer vor der Tür. Das ist ja so romantisch!“

Elise gab dann zurück: „Aber ich fahre gern weg, um mich ans Meer zu erinnern.“

Ich saß immer dabei, nippte an meinem Apfelsaft und sagte nichts. Ich habe nie jemandem verraten, daß Elise nicht ein einziges Mal im Wasser war.

Sie ist stundenlang mit mir am Meer entlang spazierengegangen. Wir haben Käseplatten geworfen, diese ganz flachen Steine, und haben gewettet, wer die meisten Hüpfer damit schafft. Wenn ich im Sommer baden war, saß Elise am Strand und sah mir zu.

„Es gibt eine Frau, die auf den Klippen steht, ganz still“, hatte sie mir im Bett ins Ohr geflüstert. Die Abenddämmerung stand lau vor den Fenstern. Der Sommer war reglos. Nur die Möwen klagten. „Ihr Leib ist weiß. Nicht weiß wie Haut, sondern weiß wie das weißeste

Weiß, das es auf der Welt gibt. Sie steht auf den Klippen und singt. Sie ist so weiß, daß es weh tut, sie anzusehen, aber ihr Haar ist wie ausgegossenes Pech und umflattert sie nach allen Seiten. Die Frau heißt Margarit."

Ich hatte mit offenem Mund gelauscht. „Und weiter?" Ich hörte, wie das Meer vor unserer Tür anschwoll.

„Nichts weiter. Es ist ein Märchen, Helen. Manchmal haben Märchen kein Ende."

Ich las das Telegramm wieder und wieder. Ich konnte nicht weinen. So also fühlte es sich an, alles auf einmal zu verlieren.

Ich habe meine Eltern nie gekannt. Kurz nach meiner Geburt sind sie bei einem Unfall ums Leben gekommen. Elise war meine Großmutter. Aber das stimmt nicht.

Elise war meine Mutter und mein Vater. Meine Schwester und mein Bruder. Elise war alles gewesen.

Die ganze Fahrt von Berlin bis zum Dorf redete ich mir ein, daß es nicht stimmte. Ein Irrtum, flüsterte ich vor mich her, nichts als ein Irrtum, als ich später in den kleinen Feldweg einbog.

Alles war wie immer: Rittersporn, blau und hoch an der Mauer entlang, wilde Kamille am Wegrand, und vor dem Tor stand der rote Barkas.

Als ich das Gartentor öffnete, sah ich Pranka. Meine Pranka. Sie kam nicht wie sonst, springend und vor Übermut japsend. Ganz langsam trottete sie heran. Ich hockte mich hin, und sie blieb in einigem Abstand mißtrauisch stehen. Erst, als ich sie leise bei ihrem Namen rief, so wie früher, zärtlich und kosend, kam sie vorsichtig näher und legte dann ihren Kopf auf mein Knie. So verging eine unendlich lange Minute. Ich hörte das Meer rauschen, Pranka sah mich einfach nur reglos an, mit ihrer Schnauze auf meinem nackten Knie. Dann atmete sie tief aus.

In diesem Moment begriff ich. Elise war tot.

Gegen Abend verließ ich das Haus. Sehr langsam ging ich zum Kirchhof. Dort stand das Beinhaus, worin die Toten über Nacht lagen. Ich würde die Totenwache halten. Die Totenwache hielt immer der Mensch, der die Tote am meisten geliebt hatte. Es war unfaßbar still. Eine Sommerstille, die nur auf Dörfern herrscht. Sie lag viel zu schwer auf meiner Haut. Ich konnte nicht weinen. Auf dem Weg begegnete ich niemandem.

Wenn ich an diesen Weg zurückdenke, erinnere ich mich an die Möwen, die tief und klagend flogen. An den Geruch von Salz. An den staubigen Efeu, der die Friedhofsmauer überwucherte. Dann öffnete ich das Tor.

Ich erkannte Margarit sofort. Vor Schreck blieb ich stehen. Mein Herz raste und mein Mund wurde trocken. Dabei hatte ich Margarit noch nie zuvor gesehen. Doch auf einmal war ich wieder ein Kind und hörte Elises Stimme: „... wie eine Zigeunerin sieht sie aus mit ihrem schwarzen Haar und dem kirschroten Mund. Margarit hat Röcke an, die immer ein bißchen zu bunt sind. Und Schmuck trägt sie, stell dir vor, ganz viele Armreifen und dazu funkelnde Ohrringe, und wenn sie tanzt, dann klingelt sie."

Sie saß auf der Holzbank vor dem Beinhaus, das graue Haar zum Knoten hochgesteckt. Sie trug Schwarz, aber auf dem Rock waren ganz kleine, rote Rosen aufgedruckt. Sie saß still. Als ob sie schliefe. Ihr Blick ging zu einem Punkt weit hinter der Mauer. Dort breitete sich ein Stück Wiese aus. Dahinter begann der Strand. Eine Möwe trappelte auf der Mauer hin und her. Das Geräusch der Krallen auf dem Stein war unnatürlich laut. Dann wendete Margarit langsam den Blick.

Ich glaubte zu fallen. Ich war sicher, gleich zu fallen. Meine Haut war hauchdünn. Ihr Blick war tränenlos, die Wangen trocken, und doch hatte sie geweint. Ich sah in ihr Gesicht und wußte, daß sie die ganze Zeit über lautlos und ohne Tränen geweint hatte. ‚Hör nicht auf, mich anzusehen', dachte ich. ‚Bitte, hör niemals mehr auf, mich anzusehen.' Sie sah nicht weg. Und in diesem Moment glaubte ich, in ihren Augen zu erkennen, was Elise einst erkannt haben mußte. Damals, auf jenem Sommerball vor über dreißig Jahren, als sie Margarit kennengelernt hatte. Damals, als ich noch nicht einmal geboren war.

„Weißt du, Helen, Margarit hat einen ganz besonderen Blick“, hatte Elise manchmal im Sommer während der Abenddämmerung erzählt, „einen Blick, unter dem man das Gefühl hat, nichts würde mehr von einem übrigbleiben, wenn sie wieder wegsieht.“

Ich war mit den Geschichten um Margarit aufgewachsen wie mit dem sommerlichen Geruch von Heidekraut, dem Möwenklagen und dem Meer.

Später, als ich größer wurde und Genaueres über diese geheimnisvolle Margarit erfahren wollte, begann Elise, mir auszuweichen. Die Sommerabende verbrachten wir mit Apfelmost im Garten, mit Federballspielen oder mit Spaziergängen am Strand. Die Geschichten um Margarit waren allmählich versiegt. Vielleicht wollte Elise, daß ich sie vergaß. Doch ich begann, Margarit zu vermissen, ganz leise, so wie ich alles vermißte, was verlorenging.

Als ich Elise eines Abends noch einmal neugierig auf Margarit ansprach, sagte sie: „Ach, Helen, das waren doch Märchen. Es gibt keine Margarit. Alles, was man sich im Sommer während der Abenddämmerung zuflüstert, hat keine Bedeutung.“

Aber ich wußte, daß sie log.

„Sollte das Haus einmal brennen, Helen …“, hatte Elise jeden Sommer zu mir gesagt, dann, wenn es draußen heißer und stickiger wurde und nur die seltenen Windstöße vom Meer noch Kühlung brachten, „… dann seid ihr, du und dieses Schränkchen, das einzige, was ich retten würde.“

Das kleine, geheime Schränkchen. Jetzt, als ich unter Margarits Blick stand, erinnerte ich mich wieder an das Schränkchen. Es war aus lackiertem Kirschholz. Als Kind saß ich staunend davor und strich mit dem Finger über die Intarsien und die golden eingefaßten Schlüssellöcher. Ein kleiner, goldener Schlüssel paßte hinein, den Elise immer bei sich trug. Jeden Tag, wenn sie die Tür des Schränkchens öffnete, um eins der Spiele herauszuholen, die Würfel, die Karten oder die Brettspiele, hatte ich daneben gestanden und neugierig hineingespäht. Hineinfassen und rumstöbern durfte ich nicht. Sobald Elise das Schränkchen öffnete, strömte mir ein herrlicher Duft entgegen. Elise bewahrte in dem Schrank alle Weihnachtsdinge auf: nicht nur den Baumschmuck, die bunte Lichterkette und die Glaskugeln, sondern auch Zimtäpfel, Räucherstäbchen und die Marzipanschokolade, die sie immer aus dem Westen mitbrachte. Sogar im Sommer, wenn kein einziges Plätzchen, keine Nuß und keine Apfelsine mehr im Schrank lagen, roch es noch danach.

„Sollte das Haus einmal brennen ...“, hatte sie gesagt.

Der Schrank sah von außen nicht außergewöhnlich groß aus, doch wenn Elise ihn öffnete, hatte ich immer das Gefühl, in nicht mehr endende Tiefen zu schauen. Mysteriöse Kistchen und Kästchen, bunte Beutelchen und in Seidenpapier eingewickelte Geheimnisse warteten darauf, entdeckt zu werden.

Ich wollte ihr etwas sagen. Ich wollte sagen, daß ich wußte, wer sie war. Wollte sagen, daß sie die einzige war, die mich jetzt noch mit Elise verband. Aber es war, als würden die Worte nicht zu denen passen, die bereits da waren. Nicht zu den sommerlichen Worten der Abenddämmerung, mit denen ich aufgewachsen war. Als könnte ich das Vorhandene nicht mehr sprengen oder erweitern. Ich sah ihr in die Augen, die faltig waren und doch ganz klar und braun, und wußte plötzlich: Diese Frau wartete auf nichts mehr. Dieser Frau war bereits alles geschehen.

Da öffnete sie den Mund und sagte leise: „Helen“.

Und in diesem Moment kamen meine Tränen.

„Und wo kommen Sie her?“ fragten die Feriengäste, die Zugbekanntschaften, die Tischnachbarn in unseren Urlauben.

„Wenn ich die Tür öffne, dann ist dort das Meer.“

Ich hatte geschwiegen. Elise hatte diesen Satz immer und immer wieder jedem gesagt, der gefragt hatte. Aber sogar ich habe nie wirklich verstanden, was sie damit meinte.

Einmal, als ich Streit hatte mit Tomas und für ein paar Tage zu Elise gefahren war, bat sie mich, sie zum Strand zu begleiten. Es roch nach Salz, und unter unseren Füßen knackten die Muscheln. Sie sagte: „Das Meer liegt vor der Tür, siehst du. Helen, das Schlimmste, was du deiner Liebe antun kannst, ist nicht, dich von ihr zu trennen. Auch wenn dir alle das weismachen wollen. Das Schlimmste ist, sie zu vergessen."

„Helen", hatte sie gesagt und war ein Stück zur Seite gerückt.

„Margarit, ich … sie ist tot." Ich konnte nicht weitersprechen. Sie schlang einen Arm um mich, legte die andere Hand über meine, und ich ließ mich einfach gegen sie fallen. Ich kannte sie. Ich kannte sie schon so lange, wie ich denken konnte.

„Sie hat dir also von mir erzählt", fing sie an. „Und ich war mir fast sicher, daß sie darüber schweigen würde. So wie sie immer über alles geschwiegen hat. Sei nicht traurig, Helen. Du kennst Elise doch. Sie wollte immer alles ausprobieren", sagte sie. „Und jetzt hat sie das Sterben ausprobiert. Sie war eine wundervolle Frau."

„Nein", sagte ich, und meine Stimme bebte. „Nein, sie war nicht wundervoll. Sie hat dich einfach vergessen. Das ist ein … Verbrechen."

Sie seufzte, und ihre Schultern zuckten plötzlich. Ich hörte wieder Elises Stimme: ‚Sollte das Haus einmal brennen …'

„Nein, Helen, wenn sie mich vergessen hätte, dann wäre sie hier weggezogen. Siehst du, das Meer …", sagte sie und wies auf einen Punkt, weit hinter der Mauer. „Hat sie dir nie vom Meer erzählt?" Ich sagte nichts.

Und dann erzählte Margarit die einzige Geschichte, die mir mein ganzes Leben gefehlt hat.

Es war in der Nacht nach dem Sommerball passiert. Sie hatten die ganze Zeit getanzt. Margarit war in jenem Sommer ein Badekurgast im Dorf gewesen. Und sie tanzten. Immer und immer wieder. Die

Leute tuschelten schon. Elise hatte irgendwann ihr Haar geöffnet. Es war kastanienbraun und lockig und fiel über ihren Rücken und das rote Kleid. Ich konnte mir Elise nicht in einem roten Kleid vorstellen. Zu dieser Zeit war sie schon vierzig gewesen. Doch Margarit war sich sicher: Ja, das Kleid war rot. Sie hatten Apfelwein getrunken. Ziemlich viel, denn es war Sommer, und das Tanzen machte durstig. Als der Mond aufging, waren sie zum Strand gelaufen. Es war Margarits Idee gewesen, schwimmen zu gehen. Aber die Wellen waren hoch und die Strömung stark. Elise konnte nicht schwimmen und war dagegen, ins Meer zu gehen, doch Margarit hatte gelacht. Sie hatte lachend alle Sachen abgeworfen: den bunten Rock, das Mieder, die Armreifen und die Ohrringe. Mühelos war sie auf die Klippen geklettert. Als sie oben stand, war der Wind kräftig gewesen und faßte ihr ins Haar, und da fing sie einfach an zu singen. Elise stand am Ufer. Margarit wußte nicht mehr, wie es passiert war. Plötzlich war sie unter den Wellen, überall Wasser, Salz in den Augen, und die Strömung schlug ihr die Füße weg. Das, was sie noch immer erstaunte, sei die Klarheit ihrer Gedanken in jenem Moment. Denn kurz bevor sie das Bewußtsein verlor, dachte sie: So beginnt also das Ende. Und sie war überrascht über die Leichtigkeit dieses Endes. Die Leichtigkeit und die Brutalität. Dann kam nichts mehr.

Sie wachte am Strand auf. Elise war über ihr und pumpte ihr Luft in die Lungen, atmete in sie hinein, atmete und atmete, bis Margarit endlich hustete, das ganze Meer wieder aushustete. Und dann begann Elise, sie zu schütteln und zu schreien: „Mach das nie wieder, hörst du. Nie wieder! Nie wieder!“ Und sie schrie und schüttelte, bis sie schließlich zu weinen anfing und so sehr weinte, wie Margarit einen Menschen niemals hatte weinen sehen. Dann zog Elise sie ganz fest an sich, Margarits eiskalten, weißen, zitternden Körper.

„Es ist unmöglich, von dieser Nacht zu erzählen“, sagte Margarit. „Von dieser oder einer anderen in jenem Sommer. Wir haben uns angesehen, endlos lange, mit erschreckend hungrigen Blicken. Es war einfach nie genug“, sagte sie. „Ich wollte sie immer wieder berühren. Erst mit den Augen. Dann mit den Händen. Und endlich mit den Lippen. Ich hatte keine Haut mehr bei ihr. Jede Berührung drang sofort ein. Wenn sie meine Brust streichelte, hatte ich das Gefühl, ihre Hand ginge bis zum Herz. Wir haben geschwiegen. Jede Nacht. Ich habe ihr nie gesagt, daß ich sie liebte. Aber Helen, so geschwiegen wie bei ihr habe ich bei niemandem."

Sie sagte nichts mehr, sah nur über die Mauer zum Meer.

„Elise konnte doch nicht schwimmen", flüsterte ich.

„Ja, das hat sie gesagt."

Die Möwe trappelte noch immer über die Mauer. Dann schien sie etwas erspäht zu haben, blieb stehen und hielt den Kopf schräg.

„Und weiter?"

„Als der Sommer vorbei war, ging ich zurück. Später zogen wir ins Ausland, mein Mann und ich", und da erst erfuhr ich, daß sie verheiratet gewesen war. „Aber wir schrieben uns. Das heißt, ich schrieb ihr. Denn ich habe ihre Briefe nie gelesen. Ich hatte zu große Angst. Ich wollte nicht erfahren, daß ich ihr egal sein könnte, daß sie mich schon vergessen hatte. Daß sie mir nur aus Höflichkeit schrieb. Ich habe über Bekannte von dem Unfall deiner Eltern erfahren und von dir. In all den Jahren habe ich euch nie aus den Augen verloren. Ich frage mich, ob sie je gemerkt hat, daß ich ihre Briefe nie gelesen habe, daß ich nur wieder und wieder einen einzigen Brief an sie schrieb, immer anders, aber er sagte jedesmal dasselbe. Über dreißig Jahre lang. Ich weiß nicht, wie ich das erklären kann. Ich hatte immer diese entsetzliche Angst vor dem Wenigerwerden. Doch Helen – es hat nie aufgehört. Diese Liebe. Bis heute. Ich habe mein ganzes Leben lang auf sie gewartet. Es war Glück, aber ich kann dir nicht sagen, wie es aussah. Und jetzt …" Sie sah wieder über die Mauer zum Meer. „Jetzt weiß ich nicht mehr, worauf ich warte."

Als ich Margarit verließ, war es schon sehr spät. Der Mond leuchtete über die Bäume und Sträucher. Die Möwen schliefen. Ich wußte, daß ich gehen konnte. Gehen mußte. Die Totenwache hielt immer der Mensch, der die Tote am meisten geliebt hatte.

Nach der Beerdigung am nächsten Morgen nahm ich den goldenen Schlüssel aus Elises Schmuckschatulle. Ich schloß das Kirschholzschränkchen auf und holte heraus, was darin verborgen war: den Baumschmuck, die bunte Lichterkette und die Pyramide. Die Karten, die Würfel und die Brettspiele. Und in der hintersten Ecke fand ich sie endlich: Margarits Briefe.

Das Meer brauste vor der Tür. Der Vorhang blähte sich und streifte meinen Arm. Der Geruch nach Salz war überall im Zimmer.

Ein ganzer Schuhkarton voll Briefe. Ich nahm sie heraus, einen nach dem anderen. Die untersten waren vergilbt; der oberste hatte einen Poststempel vom letzten Monat. Das Salz brannte in meinen Augen.

Sie hatte keinen einzigen Brief geöffnet.

Als ich fuhr, nahm ich nichts mit als Margarits Briefe und Pranka.

Kurz bevor ich die Tür schloß, warf ich das brennende Streichholz.

Das Manuskript

Nein, ich bin nicht verrückt! Ich fliehe auch nicht vor euch. Ihr wart es, die sich abgewandt haben.

„Hör auf zu träumen“, sagt ihr, „komm zu dir!“

Meine Freunde, wißt ihr nichts mehr von Verenice? Das Blau ihrer Augen ist zerblättert. Ihr Mund verblichen. Ich habe sie getötet!

Ich sitze am Schreibtisch und versuche die Lähmung zu überwinden, die seit Wochen meine Finger befallen hat. Meine Finger nur, nicht aber meinen Geist. Und nachdem ihr alle mich verlassen habt, beginne ich wieder zu tun, was ich vorher getan habe: Ich schreibe. Ich schreibe diese verfluchte Geschichte auf. Verenices Geschichte.

In dem Augenblick, als ich das Manuskript meinem Verleger übergeben hatte, spürte ich etwas Klammes in meinem Nacken. Wie ein ersterbender Atemzug, ging es mir durch den Kopf. Ich hatte darunter geschaudert.

In derselben Nacht wartete ich lange. Doch sie kam nicht. Sie ist nie wieder gekommen.

Ihr wißt doch, daß mich dann das Nervenfieber gepackt hatte. Daß ich im Krankenhaus lag, als Verenices Geschichte veröffentlicht wurde. Daß ich, als ihr mich besuchen kamt, nur geweint und gestammelt habe. Es war allein die Krankheit, meine Freunde! Sie mag meine Worte verwirrt haben, denn ich bin nicht verrückt.

Ich habe damals geschwiegen. Jetzt werde ich alles sagen. Verurteilt mich nicht.

Jener Abend.

Erinnert ihr euch, wie die Kerzen flackerten und wie dunkel unsere Stimmen klangen? Wir haben beieinander gesessen und einen Charakter zum Leben erweckt. Einen charismatischen, gefährlichen Charakter.

Die Stimmung war fiebrig. Die Gläser klangen, der Wein war rot wie ein Versprechen, und wir hatten Verenice erschaffen. Sagt mir nicht, ihr hättet das alles vergessen! Es steckte ein Stück von uns allen in ihr.

Es war Vollmond gewesen, und noch in derselben Nacht hatte ich zu Hause mit der Niederschrift des Manuskripts begonnen.

Unter meinen Händen wuchs ihr Gesicht. Ich habe ihr Linien hineingeschrieben, die sich niemals ganz glätten sollten. Ich habe ihren kantigen Körper gestaltet. Einen harten Strich gab ich ihr als Mund. Aus meiner Feder war der Lebensgeist in sie hineingeflossen, ihr verwirrend aufreizender Charakter. Unnachgiebig war ihr Leib und kaltblütig ihr gesamtes Wesen. Wir wollten sie so. Erinnert euch!

Als ich zu Bett ging, steckten vier dichtbeschriebene Bögen in meiner Manteltasche, vier Bögen, die ich euch anderntags vorlesen wollte. Ich war so müde, als hätte ich den ganzen Tag Holz geschlagen und glitt schnell und sanft in den Schlaf hinüber.

Mitten in der Nacht schreckte ich hoch.

Ich riß die Augen auf und wußte nicht, was mich aufgeweckt hatte. Kennt ihr diese Ahnung, daß etwas Ungeheuerliches geschehen ist, während man geschlafen hat? Ich starrte in die Dunkelheit, und ganz langsam wurde mein Herz hörbar, immer lauter, bis ich schließlich nichts anderes mehr vernahm als dieses verdammte Klopfen.

Poch.

Poch.

Und Poch.

Als das Pochen unerträglich wurde, wendete ich den Kopf in Richtung Fenster. Ein Laden hatte sich von der Befestigung gerissen und wurde vom Sturm immer wieder gegen die Wand geschlagen. Es war also gar nicht mein Herz.

Ich ging erleichtert zum Fenster, um den Laden wieder am Haken zu befestigen, und lehnte mich dabei weit in die Nachtluft. Der Sturm fuhr unter den Stoff meines Nachthemds, doch es lag keine Kälte darin, sondern ein eigenartiges Fieber.

Wie weit der Blick in jener Nacht ging, wie schnell die Wolken zogen, wie tief der Himmel lag. Der Mond hatte die Wolkenränder beleuchtet, sie sahen aus wie in Flammen. Die Gärten lagen wie tot vor meinem Blick. Und obwohl die Sträucher sich bogen, wirkten auch sie gespenstisch, als wäre der Sturm ein Schlüssel, der leblose Automaten aufzöge, daß sie sich mechanisch bewegten. Immer hin und her.

Nach einer Weile ging ich zurück ins Bett und versuchte, wieder einzuschlafen. Doch mein Herz ging zu schnell.

Meine Blicke näherten sich der Garderobe. Ich hatte das unbehagliche Gefühl, daß mein Mantel noch nie so aufgedunsen ausgesehen hätte.

Ja, ich höre euch reden: Nachts sieht alles unheimlich aus, sogar ein harmloses Paar Schuhe am Boden oder eben ein Mantel. Doch in dem Moment, als ich mich mit eben diesen Worten beruhigen wollte, bewegte sich der Stoff! Eine Gestalt löste sich aus dem Dunkel. Das Grauen drückte seine Hand in mein Herz, und keines Wortes und keiner Regung fähig, lag ich im Bett.

Der Schatten schlich heran. Er trug Stiefel, das Leder an manchen Stellen abgewetzt und die Metallösen dunkel. Mein Blick ging höher, über die schwarzen Jeans zur Gürtelschnalle, die Lederjacke entlang, zum Hals und schließlich über das Kinn ins Gesicht. Ich erschrak.

Ich kannte die kantigen Gesichtszüge. Ich kannte die allzu schmalen Lippen und die Augen, die in einem unnatürlichen Blau schillerten.

Vor meinem Bett stand Verenice.

Meine Freunde, erinnert euch. Wir hatten den reichen Lehm unserer Begierden mit dem Salz der Instinkte gemischt. Wir hatten ihr Hunger eingehaucht. Ihre Stimme war rauh, ihr Wesen unberechenbar. War es nicht das, was wir bis zum Extrem getrieben haben – ihre Gefährlichkeit?

Verenice trug den Traum und den Alptraum eines jeden von uns. Und diese Frau stand vor meinem Bett, ein eisweißes, knochiges Gesicht, der Mund ein höhnischer Strich, und sah auf mich herab.

Sie hob die Hand, und ich erkannte all die Einzelheiten wieder, die ich noch vor ein paar Stunden niedergeschrieben hatte: die harten Finger mit den kurzen Nägeln, den Ring, die stark hervortretenden Knöchel. Sie griff nach dem Deckbett und riß es weg. Mit einem Sprung war sie über mir, preßte meine Handgelenke mit ihren Knien in die Laken, bis ich wimmerte, griff dann wortlos nach meinem Hals. Drückte zu. Und der Griff barg die beklemmende Kraft von uns allen. Ich bekam keine Luft, sie drückte fester zu, ich trat nach ihr, meine Sinne schwanden, und erst, als ich ohnmächtig zu werden drohte, ließ sie locker. Während ich noch nach Luft rang, schob sie mein Nachthemd in die Höhe. Sie strich mit den Daumen über meine Hüften und bewegte sie auf meine erschreckten Brustspitzen zu, die sich folgsam hoben.

Ihr Körper lag über mir, preßte meine Glieder ins Laken, und ich glaubte, unter ihrer Last zu ersticken. Ich konnte mich nicht mehr rühren, sie aber drückte meinen Kopf zur Seite und senkte ihre Zähne in meinen Hals. Und macht mir nichts vor: Wir alle hatten ein solches Geschöpf gewollt!

Doch als ich ihre Augen sah, dieses ungewöhnlich intensive Blau, kam eine jähe Ahnung über mich, was Verenice wirklich war. Denn obgleich der Moment jeglicher Romantik entbehrte, dachte ich an Eisblumen.

Dann spürte ich ihre Hand auf meinem Schenkel.

Ich hatte Verenice in dieser Nacht noch nicht im Griff. Sie war zwar unser Geschöpf, sie bewegte sich in unserem Rahmen, aber er war so weit, daß ich keine ihrer Handlungen vorhersehen konnte. Das konnte ich erst später. Viele Nächte und viele Veränderungen im Manuskript später.

Doch immer, selbst ganz am Ende, blieb ihr ein winziger, finsterer Raum Freiheit innerhalb der Fantasie, in die ich sie preßte.

Nie habe ich euch aus dem Manuskript vorgelesen. Ich unterließ es, denn mir war ein Wunder widerfahren. Ich mußte schon damals geahnt haben, daß ich es wieder verlieren würde, sobald ich Verenice teilte. Ihr habt mich kaum mehr gesehen, weil ich besessen an diesem Manuskript arbeitete. Ich verbesserte es Tag für Tag, strich ganze Passagen und schrieb sie neu. Ich vergaß zu essen, mein Haar wuchs wild, und als mein Papier aufgebraucht war, schrieb ich auf Rechnungen, den Tisch und die Wände.

Verenice brach in die Keller meines Kopfes ein. Sie bewegte sich dort geschmeidig.

Nein, ich habe sie nicht geliebt, meine Freunde. Verenice hatte mit den zärtlichen Regungen meiner Seele nichts zu tun. Wenn sie sich über mich beugte und mit kundiger Sicherheit ein verstecktes Zentrum von Entsetzen berührte, habe ich sie gehaßt. Sie wischte meine Tränen lächelnd mit dem Daumen ab, und ich sah, daß ihr Haß nicht kleiner war als meiner.

Ihr verlangt Erklärungen. Ihr sprecht leise mit mir, als hättet ihr mich bereits aufgegeben. Aber ich bin nicht verrückt. Ich wollte Verenice nicht lieben, ich wollte sie vervollkommnen. Wie hätte ich angesichts einer solchen Vision auf die Transparenz meiner Haut achten können? Mir war ein Wunder geschehen, und ich lebte nur noch für ihre Augen.

Ich schliff Verenice, bis die Worte sich gegenseitig begehrten. Sie wurden hart wie Schmerz, und wenn ich sie laut las, fühlte ich sie durch die Knochen und bis in meine Fingerspitzen schießen. Ich fror sie zu Eis, und sie wuchsen und verletzten die Luft.

Sie war meine nächtliche Verfolgung. Ihr erlaubte ich alles. Nicht aus Liebe, sondern aus Neugier. Sie fesselte und knebelte mich: das Geschöpf, das ich selbst in Worte gekerkert hatte. Sie schob sich in mich und tat mir an, was ich zuvor geschrieben hatte. Morgens zeichneten meine Fingerspitzen die Fährte ihrer Zähne nach und die Male an meinen Gelenken.

Ich bin nicht verrückt, meine Freunde. Ich weiß, was ich getan habe. Ich habe ihr Grausamkeit eingehaucht, Tag für Tag, schwarze Tinte aus meiner schmerzenden Hand. Lebensodem für ein Lehmgeschöpf.

Tief in mir wuchs ein böser Gedanke. Denn ich hatte ein Wissen über etwas, was ihr immer verborgen bleiben würde. Der Gedanke hatte die Konturen ihres Todes und verlieh dem Schmerz unter ihren Händen einen überlegenen Zynismus.

Doch in unserer letzten Nacht packte mich ein Entsetzen. Als sie mich aufbrach, glänzte etwas in ihren Augen, wofür ich nie Worte gefunden hatte. Worte, die sich am äußersten Rande des nicht mehr Vorstellbaren befinden. Mein Kopf wurde leer, mein Mund staubtrocken, und ich wollte sofort weg. Ich hatte in ihren Augen gesehen, daß sie begann, meine Absicht zu erfassen.

Am nächsten Morgen beendete ich das Manuskript. Ich schrieb es ins Reine, und ich schrieb mit zitternden Fingern. Ich wurde die Nacht nicht los. Aber es schien, daß jedes Wort genau dort stand, wo es stehen mußte. Ich nahm das Manuskript, es war das beste, das ich je zustande gebracht hatte, und ging zu meinem Verleger.

Doch das Manuskript war noch nicht vollendet. Ich hätte noch weitergehen können. Nur einen winzigen Schritt.

Ich hätte Verenice zu meiner Mörderin machen können.

Nein, meine Freunde, nicht den Verstand – Verenice habe ich verloren! Wenn ich heute ihre gedruckte Geschichte lese, dann erkenne ich sie nicht mehr. Das Blau ihrer Augen ist verdorrt. Ich weiß, je mehr Menschen ihre Geschichte lesen, desto toter wird sie, desto sicherer kommt sie nicht mehr zurück.

Nie, niemals mehr werde ich so sein können wie vorher. Mir ist ein Wunder geschehen, und ich habe es nicht begriffen. Sagt mir, wie soll ich noch schreiben, wenn ich sicher sein muß, meine Geschöpfe zu töten, um mich zu retten?

Ihr behauptet, ich sei auf dem Wege der Besserung. Wenn ihr damit meine Haut meint, die sich wieder bräunt, meinen Körper, der langsam seine Knochigkeit verliert, und meine Hände, die aufgehört haben zu zittern, dann habt ihr recht.

Ja, ich habe überlebt.

Zur Ruh

Das Dorf war klein.

Eine zusammengedrängte Ansammlung von Häusern, alle so niedrig, als ob sie sich vor etwas fürchteten. Es gab eine winzige Kirche, durch deren zerbrochenes Dach der Regen tropfte. Auf den Holzbänken wuchs Moos, der Altar war von Holzwürmern zerfressen und in Stücken zu Boden gefallen. In den Wänden brüteten Schwalben und Tauben.

Das Dorf lag in einer Talsenke zwischen hohen Felsen. Es lag nur zur Mittagszeit nicht im Schatten.

Die Menschen waren untersetzt. Sogar das Vieh sah gedrungen aus, zähe, kuhähnliche Tiere, die einen unstillbaren Hunger zu haben schienen, die sich nie setzten, um zu dösen, sondern stur den ganzen Tag über fraßen.

Die Menschen hatten kräftige Hände und eine derbe, fast ledrige Haut. Sie hatten breite Wangenknochen, dunkles Haar. Über die Jahrhunderte waren sie einander wohl immer ähnlicher geworden. Ihre Augen, hätte man meinen können, waren friedlich und leer. Doch manchmal stahl sich ein tückischer Ausdruck von Schlauheit in ihre Gesichter, der mich erschreckte.

Sie sprachen wenig. Ihre Stimmen waren dünn und wurden brüchiger während des Sprechens, als würde die Luft die Worte verderben. Das Sprechen schien all ihre Kräfte zu beanspruchen.

Ich beobachtete sie, wie sie auf den kleinen Feldern arbeiteten, die Hacken in die harte Erde stießen, Unkraut mit den nackten Händen ausrissen, schweigend, Stunde um Stunde. Wenn sie etwas taten, taten sie es beharrlich, mit einer Unbeirrbarkeit, als wären sie unempfindlich gegen körperliche Erschöpfung. Aber manchmal ging eine jähe Erregung durch die stumme Gruppe, alle hoben die Köpfe, sahen sich an, und es war, als ob eine unsichtbare Botschaft zwischen ihnen hin und her ginge. Sie griffen die Körbe und die Hakken und verließen rasch die Felder. Sie eilten zu ihren Häusern, jagten das Vieh in die Scheunen, trieben die Kinder zusammen, nagelten Bretter vor die Fenster, verriegelten die Türen. Die Schornsteine hörten auf zu rauchen. Kein Lichtschein drang durch die Ritzen der vernagelten Fenster. Das Dorf lag stumm und tot.

Ich war nicht schlau daraus geworden. Weder zog ein Unwetter auf, noch kam eine andere Gefahr auf das Dorf zu.

Es war im dritten Jahr meiner Suche, als ich auf das Dorf stieß.

Ich hatte das ganze Land nach ihm durchsucht, hatte sorgsam die Städte und Dörfer und noch die kleinste Siedlung dabei ausgelassen, war nur über versteckte Wege und durch die Wälder gestreift, und nach fast drei Jahren war ich müde geworden. So müde, daß ich beinah die Zeit davor vergessen hatte, das Gefängnis und die Flucht, daß ich mich nur noch an die fieberhaften Tage des Suchens erinnern wollte. Mein Herz bat um Ruhe.

Doch manchmal, wenn ich stundenlang unter der Sommerglut lief, immer darauf bedacht, die befahrenen Straßen zu meiden und mich bei jedem verdächtigen Geräusch ins Unterholz zu dukken, wenn ich den Geruch von Staub und gärendem Obst einatmete, der diese brütenden, gelben Tage durchzog, manchmal gingen meine Gedanken zurück.

Früher hatte ich an einer nicht unbedeutenden Uni unterrichtet.

Früher war ich verheiratet.

Ich hatte meine Frau geliebt, alles an ihr: die sonderbar zweideutige Art, mit der sie ging, die Atemlosigkeit in ihren Bewegungen, die mich dazu brachte, sie am liebsten festhalten zu wollen. Ich mochte es, wie sie ihr Haar trug: kurzgeschnitten und in der Stirn fransig. Ich war verliebt in ihre Hände, ihren weichen Mund, ihr verschmitztes Lachen, ihre Kleider, die Schuhe und sogar in die etwas altmodische Brille.

Er war mitten im Semester gekommen, der alte Dozent für englische Literatur war plötzlich verstorben, er nahm dessen Platz ein.

Er hatte blondes Haar und ein schmales, jungenhaftes Gesicht, das manchmal aussah, als wäre es dahinter verletzt worden.

Ich war seit sechs Jahren verheiratet, doch manchmal fällt einem ein Zufall ins Herz, der hat ein blasses, rastloses Gesicht.

Ich war nicht überrascht von der Liebe, ich war überrascht von der Heftigkeit, mit der das Gefühl mich überfiel. Es war dasselbe grundlose Gefühl von Ausgeliefertsein wie damals, als ich meiner Frau zum ersten Mal begegnet war.

Wir saßen zusammen an einem Tisch in der Cafeteria der Uni. Er hatte schlanke, nervöse Finger, die über die Tischplatte strichen, Zigaretten entzündeten und wieder ausdrückten. Ich sah auf seine Hände. Ich sah in sein Gesicht. Ich lächelte. Er hob den Kopf und sah mich an.

Es war zu spät, noch bevor ich wußte, was passierte. Ich hatte ihn schon ausgesucht.

Früher hatte ich glatte Haut, und mein Haar war immer gut geschnitten.

Seit ich mich auf die Suche begeben hatte, war alles an mir rauher geworden, verwitterter. Ich hatte das Haar einfach wachsen lassen, und ich wusch es nicht mehr mit Shampoo, sondern nur noch in Flußwasser. Meine Gesichtscreme war mir schon nach zwei Monaten ausgegangen. Anfangs wurde meine Haut schuppig, und die Mundwinkel rissen ein, doch dann hatte sich meine Haut nach und nach an die fehlende Kosmetik gewöhnt.

Manchmal, wenn ich mein Gesicht im Fluß betrachtete, dieses schwankende Gebilde, das so wenig mit der Frau zu tun hatte, die ich vorher war, erschrak ich, denn ich war mir nicht mehr sicher, ob er mich jetzt noch erkennen würde.

Ich sah mich verwirrt an, denn ich vermeinte, etwas in meinem Gesicht auszumachen, das wie die Andeutung eines Risses aussah. Es war fast, als hätte unter meiner Haut immer noch etwas anderes gelegen, etwas Trockeneres, Zerstörtes, das jetzt hervorzubrechen versuchte.

Er war so alt wie ich, fünfunddreißig, er war verheiratet wie ich. Er erzählte von seiner Frau mit einem schüchternen Lächeln.

Es war zu spät. Vor sechs Jahren, dachte ich damals, wäre alles möglich gewesen, jetzt war es unvorstellbar. Wie sollte es gehen, dachte ich, die eigene Frau zu verlassen und die gemeinsame Vergangenheit. Ich liebte sie, und wir hatten ein Haus mit Garten, wir hatten Freunde und besuchten regelmäßig unsere Eltern. Wir gingen aus oder blieben zu Hause, wir kochten und lachten, wir stritten uns manchmal und fuhren gemeinsam in Urlaub. Wir waren auch nach sechs Jahren noch ineinander verliebt. Ich hatte so viel Zeit meines Lebens damit verbracht, meine Frau zu lieben, dachte ich, und es war absurd, daß jemand mich plötzlich erschütterte, den ich nicht mal kannte. Es war absurd, einfach aufzuhören und noch einmal anzufangen und dasselbe zu erleben, zu viele Jahre steckten in meiner Liebe. Und wie sollte es aussehen, so ein hingegebenes Leben? Es war nicht vorstellbar, und wenn sein Lächeln nicht gewesen wäre und nicht seine Hand, die ganz plötzlich eine Haarsträhne aus seiner Stirn wischte, hätte ich aufstehen können und gehen.

So aber folgte mein Blick seiner Hand, ging in sein Haar, fiel in sein Lächeln, und ich war verloren darin.

Als ich nach fast drei Jahren meiner Suche auf das Dorf in der Talebene stieß, wollte ich zuerst gleich wieder kehrtmachen. Doch etwas

Unbegreifliches hielt mich zurück, und ich ließ mich am Seil die Felsen hinab, die ich schon zur Hälfte überwunden hatte.

Vielleicht war es das sonderbare Detail, daß diese Siedlung nicht in meiner Karte verzeichnet war.

Ich stieg nicht bis ganz hinunter, sondern hielt mich auf einem der letzten Felsvorsprünge verborgen, von dem aus ich einen guten Blick auf das Dorf und sein merkwürdiges Treiben hatte.

Wenn die Menschen gerade nicht auf den Feldern arbeiteten oder ihre Häuser gegen einen mir nicht sichtbaren Feind verbarrikadierten, versammelten sie sich alle auf einem freien Platz, den ich der Einfachheit halber Marktplatz getauft hatte, obwohl niemand dort etwas verkaufte. Sie saßen oder standen dann in kleinen Gruppen zusammen, die Kinder rannten hin und her, haschten sich oder spielten allein mit ihren Spielsachen. Was mich daran faszinierte, war die Stille dieser Szenerie. Selbst die Kinder schwiegen. Nur ab und zu drang ein einzelnes helles Lachen zu mir hoch, doch auch das Lachen war dünn, als ob es im offenen Raum porös würde.

Irritierend war, daß ich nirgends Stromleitungen erblicken konnte. Ich wußte, die Masten führten um die Felsen herum, aber das Dorf hatten sie ausgelassen. Auch Wasserleitungen schien es nicht zu geben. Die Menschen zogen das Wasser aus einem Brunnen hoch. Irgend etwas daran beunruhigte mich.

Ich konnte mir nicht vorstellen, daß es mitten in Deutschland ein Dorf geben sollte, das vergessen worden war. So etwas war nicht möglich. Jeder Zentimeter Land war vermessen und säuberlich in Karten verzeichnet. Aber dieses Dorf fehlte. Dann fiel mir ein, daß ich das Dorf nicht gesehen hatte, als ich oben auf den Felsen stand. Ein dichter Schatten hatte darüber gelegen. Nur für etwa eine Stunde, dann wenn die Sonne im Zenit stand, war das Dorf sichtbar.

Die Erwachsenen standen fast bewegungslos auf dem Marktplatz. Nur ab und zu wechselte einer ruhig die Gruppe.

Sie sahen sich an.

Dieselbe Beharrlichkeit, die sie bei der Arbeit auf den Feldern zeigten, zeichnete sich auch hier ab. Alles, was sie taten, taten sie mit unbeirrbarer Geduld. Keiner senkte den Blick. Sie standen stumm beieinander und betrachteten sich wie mit unstillbarer Neugier.

Immer am Ende eines solchen Markttages ging unerwartet und zeitgleich ein sonderbar niederträchtiger Ausdruck über alle Gesichter. Dann rissen sie die Blicke entzwei, drehten sich um, sahen auf die Felsen, und ich zog mich schnell zurück.

So unerklärlich wie schon auf den Feldern fuhr dann auch auf dem Marktplatz eine jähe Gejagtheit durch die Gruppe, und eilig verließen sie den Platz, rannten fast auseinander, rissen die Kinder mit, nagelten ihre Häuser zu, und alles versank bis zum nächsten Morgen in vollkommener Reglosigkeit.

Lange passierte nichts, als daß wir uns heimlich betrachteten.

Ich ertappte mich dabei, wie ich mich in der Cafeteria umsah, bis er hereinkam, und wie etwas hinter meinen Rippen zornig zu stechen begann, wenn er mich nicht bemerkte und sich an einen anderen Tisch setzte.

Aber dann sah ich, daß auch er herumschaute und schnell den Blick senkte, wenn er mich entdeckt hatte, nur um ihn kurz darauf wieder zu heben.

Diese verstohlenen Blicke waren alles, was passierte, und ich war verstört darüber, wie wild mein Blut schlug.

Zu Hause schwieg ich. Meine Frau merkte nichts. Oder sie gab vor, nichts zu bemerken. Sie lief lachend und zwitschernd durch die Wohnung, zeigte mir die Entwürfe für ihren neuen Katalog, und ich war immer nur mit einem halben Ohr dabei.

Ich fing an, sie wieder zu betrachten, so wie früher, dieses zarte, erregende Gesicht, die schrägen Augen mit den langen Wimpern, und in alles war ich noch immer verliebt. Sie hatte nichts damit zu tun. Es lag allein an mir.

Wenn sie schlafen gegangen war, saß ich noch lange auf dem Balkon und rauchte. Ich sah in den Himmel und wartete, bis ich völlig ausgekühlt war. Aber mein Kopf brannte. Es muß aufhören, dachte ich.

Nach zwei Wochen wollte ich in sein Büro gehen und ihn um ein Gespräch bitten. Als ich die Tür meines Zimmers öffnete, stand er schon da.

Ich zuckte zurück.

Er knetete nervös die Hände.

„Ich möchte mit Ihnen reden", sagte er.

Wir gingen in ein Restaurant. Wir saßen uns gegenüber und waren verlegen. Er zündete sich eine Zigarette an, und ich sah, daß seine Finger zitterten.

Ich wollte ihm sagen, daß ich glücklich verheiratet war. Daß es vergebens war. Ich wollte ihm sagen, daß es aufhören mußte. Doch als ich zu sprechen ansetzen wollte, kamen mir diese Worte viel zu groß vor, es war nichts geschehen, was sie rechtfertigen konnte. Wir hatten uns nur angesehen, und sah man nicht jeden Tag Menschen an?

Ich blickte auf sein gesenktes Gesicht, auf seine zitternde Hand und wünschte mir plötzlich, meine Finger in sein Haar zu legen.

Er hob den Blick.

„Verzeihen Sie mir", sagte er. „Da zwinge ich Ihnen einfach ein Gespräch auf, und Sie wissen nicht mal … Sie müssen denken, ich wäre …"

Er zog an seiner Zigarette und sah nervös in mein Gesicht. Ich hielt den Atem an unter seinem Blick.

Er drückte die Zigarette wieder aus, stützte den Kopf in beide Hände und sah auf die Tischplatte.

„Sie denken bestimmt, ich möchte Ihnen … dabei weiß ich doch, daß Sie … und auch ich …" Er hob den Kopf und sah mich verstört an. „Ich bin verheiratet, wissen Sie. Und glücklich. Sie heißt …"

Ich sah in seine Augen. Seine Augen waren grün und die Wimpern ein bißchen zu hell darum. Ich spürte, wie etwas in meiner Hand klopfte, als wären da fünf kleine Herzen in den Fingerkuppen. Ich schwieg.

„Ich wollte Ihnen nur sagen, daß ich …"

Meine Hand wanderte unruhig zu seiner Zigarettenschachtel, zog eine Zigarette hervor, und ich zündete sie an.

„Sie sind … schön", sagte er und atmete aus. „Ich glaube, ich habe noch nie jemanden gesehen, der so …" Er brach wieder ab und sah verwirrt aus. „Aber ich möchte, daß Sie wissen, daß ich nichts von Ihnen will. Es muß Ihnen schon komisch vorkommen, daß ich Sie so oft anstarre, aber …“ Er fuhr sich durchs Haar. Ich beobachtete seine Hand. Das Ziehen in mir wurde stärker. „Aber Sie dürfen nicht denken, daß ich Sie verfolge … oder so.“ Er sah in mein Gesicht, suchte verzweifelt meine Augen. „Ich weiß auch nicht, was … doch ich möchte Ihnen auf keinen Fall damit zu nahe treten.“ Er legte wieder den Kopf in seine Hände, sah auf die Tischplatte und sagte leise: „Das ist die Wahrheit.“

Ich sah ihn sitzen, sah die Finger auf seiner Stirn, sah das Haar, das wirr darüber fiel. Ich war nicht schön.

Doch, ich war schön. Aber ich hatte es nicht gewußt. Ich war weder groß noch klein, mein Haar war von unbestimmter Farbe, mein Gesicht wenig ausdrucksstark, bis auf die Nase, die wie eine Überraschung hervorsprang und sich damit den Anschein von Bedeutung gab. Meine Haut war ruhig und blaß, aber nicht mehr als eine Schicht über den ein bißchen zu dünnen Gliedern. Ich griff über den Tisch. Er hob den Kopf. Ich strich sein Gesicht entlang und ließ die Hand dann erschrocken auf die Tischplatte sinken. Die Finger lagen dicht beieinander und berührten sich nicht.

„Ich weiß“, sagte ich.

Es blies beständig ein kühler Wind unten im Tal.

Aber mittags, wenn die Sonne im Zenit stand, dampfte der See.

Der See war dunkelgrün, die Oberfläche von Insekten übertupft. Drumherum ein scheinbar undurchdringliches Meer aus Klettenbüschen, Disteln und hohem Schilf.

Neben dem See stand ein einzelnes Haus, von den anderen abgeschieden, das ich erst entdeckte, als ich das erste Mal durch das Dorf ging. Ich hatte es von oben nicht sehen können, weil es direkt unter der weitausgreifenden Krone eines riesigen Kastanienbaums stand.

Es war niedrig gebaut, duckte sich geradezu gegen die Erde, wie um nicht aufzufallen. Aber es war das einzige Haus, in dem Tag und Nacht kleine Öllämpchen brannten, sogar zu den Zeiten, wo die anderen Häuser verbarrikadiert und tot dalagen. Auch das hatte ich von meinem Felsversteck nicht sehen können. Die Krone hatte das Licht einfach geschluckt.

Eines Tages hatte ich mir ein Herz gefaßt und war in den Ort heruntergekommen. Die Sommertage in meinem Felsversteck waren zermürbend. Die Sonne schleppte sich über den Himmel, das Licht flimmerte beständig vor meinen Augen. Die Mücken machten mir zu schaffen, und ich hatte nichts zu tun. Zermürbend auch deshalb, weil ich nicht verstand, was da unten im Schatten vor sich ging.

Ich hatte mit allem gerechnet. Daß die Leute schreiend auseinanderlaufen würden. Daß sie mich neugierig willkommen heißen würden. Daß sie langsam mit ihren Hacken auf mich zukämen, einen grimmig entschlossenen Ausdruck in ihren breiten Gesichtern.

Ich hatte nicht mit dem gerechnet, was dann passierte: Sie nahmen keine Notiz von mir.

Ich stellte mich an den Feldrand, die Hände in den Hosentaschen, und niemand hörte auf zu arbeiten. Ich stand ruhig und atmete den würzigbitteren Duft ein, der die Luft tränkte und von den wildwachsenden Kräutern an den Felshängen kommen mußte. Auf dem Marktplatz liefen die Kinder still an mir vorüber, aber sie sahen mich nicht an. Manchmal schoben sie ihre Spielsachen in Kreisen um mich, doch sie sprachen nicht. Die Erwachsenen unterbrachen ihr gegenseitiges Betrachten für keine Sekunde. Als dann wieder dieser Ausdruck von Verschlagenheit über ihre Gesichter hereinbrach und sie auseinanderstoben, liefen sie lautlos an mir vorbei, manchmal sehr dicht, ohne mich jedoch zu berühren.

Auf einem meiner Spaziergänge durch das Dorf hatte ich dann das einzelne Haus bemerkt. Ich blieb überrascht davor stehen. Offensichtlich war es ein Hotel. Über der Tür stand in verwitterten Buchstaben: „Zur Ruh".

Ich stand lange vor dem Haus. Die Öllampen waren an, aber ich hörte keinen Laut. Die Fenster waren weit geöffnet, eine behagliche Atmosphäre ging von diesem Haus aus, aber ich fragte mich, wozu so ein kleines Dorf ein Hotel brauchte. Augenscheinlich gab es keine Touristen. Das Dorf war auf Touristen nicht vorbereitet. Weder gab es ein Café, noch Souvenirläden, in denen man Ansichtskarten, T-Shirts oder Tassen hätte kaufen können. Es gab überhaupt keinen Laden.

„Erzählen Sie von sich“, sagte er.

Als ich anfing, kam gerade die Vorspeise.

Ich erzählte von der Uni, von meiner Doktorarbeit, und daß ich nur zufällig in dieser Stadt gelandet war.

Er sah mich aufmerksam an, als könnte er etwas hinter meinem Gesicht erkennen. Als ich fertig war, saßen wir bereits bei Espresso, und er sagte: „Das meinte ich nicht.“

Ich war erschrocken und zog an meiner Zigarette. Ich sagte: „Erzählen Sie etwas von sich.“

Er erzählte von seinen Eltern, von dem Reihenhaus in der Stadtrandsiedlung, das er mit seiner Frau bewohnte, und daß er den Hund des Nachbarn nicht leiden konnte.

Ich lächelte und versuchte herauszufinden, ob das Kerzenlicht die Farbe seiner Augen veränderte. Als er fertig war, sagte ich leise: „Das meinte ich nicht.“

Wir trafen uns heimlich, und später, wenn ich zu Hause neben meiner Frau lag, kam ich mir schuldig vor. Ich schlüpfte unter ihre Dekke und preßte mich an ihren Rücken, drückte mich gegen die warme Haut, mit einer Heftigkeit jedoch, die ihr verdächtig vorkommen mußte. Deshalb ließ ich sie wieder los und rollte mich auf meine Seite.

In solchen Momenten haßte ich ihn.

Ich haßte ihn auch, wenn ich allein zu Hause war und plötzlich das Telefon klingelte. Wenn ich mit dem, was ich gerade tat, innehielt und wie hypnotisiert auf das Telefonklingeln lauschte. Wenn ich es nicht wagte, aufzustehen und abzuheben, weil es womöglich nicht er sein könnte.

Manchmal verließ ich fluchtartig das Haus, sobald das Telefon klingelte. Dann streifte ich draußen durch die Gärten, ließ zwei Stunden vergehen, bis ich zurückkam, und stellte mir beunruhigt vor, daß er in der Zwischenzeit versucht hatte, mich anzurufen.

Ich dachte zuerst, es wäre die Zeit, die ich mit ihm verbrachte, die mich so aufwühlte. Aber das stimmte nicht. Die Zeit ohne ihn war genauso verstörend.

Ich war plötzlich eine Frau, die ein Geheimnis hatte. Ich hatte das Geheimnis nicht mal gewollt. Es war über Nacht gekommen, so wie ein Gewitter kam.

Wenn wir uns in einem Café trafen, lebte ich stets in der Angst, ein Bekannter könnte uns sehen und seine Schlüsse daraus ziehen. Ich saß ihm gegenüber, in abseitigen, verrauchten Räumen und war nervös und glücklich. Er sah mich blaß und wachsam an.

Ich wollte es lange nicht wahrhaben, aber es interessierte mich nicht, was er mir zu erzählen hatte. Ich ließ mich umgeben von seiner Stimme. Ich ertappte mich dabei, wie meine Gedanken abschweiften, während er erzählte, wie meine Augen sich an seinem Gesicht entlangtasteten, die knochigen, vorsichtigen Züge entlang, über die tiefliegenden Augen, die auf eine interessante Art krank aussahen, wie von einem inneren Fieber befallen, über sein Kinn, den Hals entlang, und wie ich mir vorstellte, daß unsere Gesichter einander berührten. Ob die Bartstoppeln meine zarte Haut zerkratzen würden? Ob er Wunden in mir hinterließe?

Es war egal, was er redete, er mußte nur reden. Ich wollte nur diese Lippen betrachten, die manchmal seine kräftigen, weißen Zähne entblößten.

Es muß aufhören, dachte ich.

Ich hatte mein Zelt in der Siedlung aufgestellt. Ich war nur noch einmal in mein Felsversteck zurückgekehrt, um die Vorräte zu holen.

Zuerst hatte ich das Zelt in der Nähe des Sees aufgeschlagen. Nachts suchten die kalten Winde das Dorf heim. Ich lag und lauschte auf die Geräusche.

Ich hörte, wie der See sich bewegte, als ob er Wellen schlüge. Am Morgen, das wußte ich, würde er unbeweglich und dunkelgrün daliegen, und Spinnen würden über die Oberfläche laufen.

Aber nachts hörte es sich an, als läge ich neben dem Meer.

Wir fuhren ans Meer, um uns zu trennen.

Ich erzählte meiner Frau, daß ich mit einem Kollegen von der Uni segeln ging. Sie hatte sich nichts dabei gedacht.

Er erklärte seiner Frau, daß er wegfuhr. Ein paar Tage, sagte er. Sie hatte nichts dagegen. Er brauchte diese Tage hin und wieder.

Meine Frau brachte mich zum Zug. Ich winkte ihr aus dem Zugfenster zu. Dann saß ich allein im Abteil, neben mir die Reisetasche, und ich kam mir rebellisch und verdorben vor.

Am nächsten Bahnhof stieg ich aus, da stand er mit dem Auto, wie verabredet, nahm mir die Tasche ab, verstaute sie im Kofferraum, und wir fuhren los.

Wir sprachen nicht. Was uns verband, war nichts, worüber man reden mußte.

Als ich im Auto saß, schloß ich die Augen. Ich kannte ihn nicht, doch auf eine merkwürdige Art fühlte ich mich zu Hause. Hin und wieder öffnete ich die Augen und sah auf seine Hände. Schmale Hände, unberingt, ein Aderngeflecht auf den Handrücken. Dieses Ziehen in mir.

Als wir ankamen, stand die Sonne tief. Wir fuhren über holprige Dorfstraßen, und der Staub wirbelte unter den Rädern auf. Hühner stoben auseinander. Wir betrachteten den kleinen Hafen und die Fischernetze wie etwas, was wir kannten. Wir fuhren den Weg zum Häuschen hoch, die Sonne lag auf dem reetgedeckten Dach. Wir stiegen aus und reckten uns. Noch immer schwiegen wir. Wir würden über alles reden, wir würden uns hier kennenlernen und hier trennen, das wußten wir, es war ein gutes Schweigen, dachte ich.

Wir trugen die Taschen hinein, und auch das Häuschen kam uns vor, als würden wir es schon lange kennen. Die Holzdielen knarrten, und ich strich fröhlich über die Risse in den Wänden. Er betrachtete mich lächelnd.

Wenn er lächelte, geschah es unerwartet und heftig, als würde er mich rufen. Ob er wußte, daß er ein Lächeln hatte, das einem das Herz brechen konnte, dachte ich.

Im Laufe der folgenden Woche baute ich mein Zelt ab und unmittelbar neben dem Hotel wieder auf.

Ich wußte nicht, warum. Auch war ich in den Jahren meiner Suche nie so lange an einem Fleck geblieben. Aber das Hotel strahlte etwas Anheimelndes aus. Nachts, wenn das ganze Tal stumm war bis auf die Grillen, die Frösche und die langen Rufe der Nachtvögel, glühte ein sanftes Licht in allen Fenstern, und das ganze Haus verbreitete einen warmen, fast duftenden Charme. Ich wußte nicht, woran das lag. Es war äußerlich kaum von den anderen Häusern des Dorfs zu unterscheiden. Die Wände waren verwittert. Aus den Fugen wuchsen Kuhblumen und Moose. Nur sah es schutzloser aus als die anderen.

Ich fing an, das Hotel zu mögen. Nie hatte ich jemanden das Hotel verlassen oder betreten sehen, aber ich beobachtete, wie an kühlen Tagen der Schornstein rauchte.

Nachts sah ich vom Zelt aus über die kleine Häuserschar, die sich zusammenzukuscheln schien, die Wände schief und einander zugeneigt. Es sah aus, als würden die Häuser sich gegenseitig zureden, und wenn sie es gekonnt hätten, dachte ich, würden sie sich noch enger aneinanderdrängen.

Das Hotel lag hundert Schritte entfernt, allein, wirkte aber nicht ausgeschlossen von den anderen Häusern, sondern eher wie etwas, was sich mutig vor das Dorf gestellt hatte, möglichen Angreifern in den Weg. Dennoch merkte ich ihm seine Bangigkeit an, und mir schien, als ließe es die kleinen Lämpchen in der Nacht brennen, damit es sich so allein nicht fürchtete.

Von dem, was in dem Urlaub passiert war, wußte ich nicht mehr viel. Ich erinnerte mich an Spinnweben, die in feuchter Morgenluft bebten. Ich erinnerte mich an Sonne, die im Wasser ertrunken ist. Ich erinnerte mich an verstörte, zärtliche Berührungen.

Ich erinnerte mich daran, daß wir fast nicht sprachen.

Dennoch gab es Sätze, von denen ich jetzt nicht mehr sagen konnte, ob sie gesprochen wurden oder ob ich sie mir eingebildet hatte.

„Ich habe kein Recht auf irgend etwas in deinem Leben", sagte er.

„Ich erwarte nichts von dir", sagte ich.

Und wir wußten, daß wir nie gemeinsam in einem Reihenhaus wohnen würden, mit Kühlschrank, Auslegeware und dem jedes Jahr aufs neue hereinschneienden Ikea-Katalog. Wir würden uns nicht von unseren Frauen trennen, und für immer könnte ich ihn und für immer könnte er mich für diesen zornigen Schmerz hinter den Rippen verantwortlich machen. Ich war mir nicht einmal sicher, ob das Liebe war. Aber ich wußte, daß ich ihn verlassen würde, damit dieses Gefühl nicht aufhörte.

Ich mußte ihn verlassen, aber ich wollte trotzdem etwas von ihm. Ich wußte nicht was, irgendwas.

Warum ich ihn so erbittert liebte, konnte ich mir selbst nicht erklären. Er war nicht schön, und seine Unsicherheit ließ ihn jünger aussehen, als er war. Sein Gesicht war zu blaß, und seine Augen standen hell und unstet über den manchmal wie ausgehöhlten Wangen. Er hatte Schatten unter den Augen, die ihm den Anschein einer heimlichen Krankheit verliehen. Eine Krankheit, dicht unter der Haut, die sich offensichtlich durch die Augen, durch die zarte Haut darunter hervorpressen wollte. Dennoch hatte ich das Gefühl, daß etwas Magisches von ihm auf mich überging, etwas gleichzeitig Anziehendes und Abstoßendes, das nur ich bemerkte.

Ich war eine durchschnittliche Frau mit dünnem, dunkelblonden Haar und einem knochigen Körper. Seine Liebe aber, die Verzweiflung seiner Liebe machte mich zu einer schönen Frau. Zu einer rätselhaften, zornigen, ungerechten Frau. Eine Frau, die ein Geheimnis hatte. Mit seiner Liebe im Rücken war ich ein Punkt, der sich auf einer hellen Wand abhob, ich war farbig, auf lebhafte Weise sichtbar. Ohne diese Liebe, das wußte ich, würde ich mich wieder im Hintergrund auflösen. Ich haßte ihn dafür. Ich haßte ihn, weil er mich mit seiner Verwirrung angemalt hatte. Ich haßte ihn, weil er mich so liebte. Ich haßte ihn, weil ich ihn liebte. Ich wollte seine Lippen küssen, ihn zart berühren, ich wollte weinen und schreien und meine Hakken in sein Herz stoßen. Er sollte mich anfassen, wegstoßen, vor mir liegen, mich anbetteln, mich anbrüllen, mich streicheln, mir weh tun. Er sollte mich lieben.

Ich erinnerte mich, daß ich damals die Ahnung eines bevorstehenden Unheils hatte, eines Verderbens, als wäre meine Liebe zu ihm ein Fehler, den ich mit nichts wieder gutmachen könnte.

In den langen Jahren meiner Suche spürte ich sein Gewicht auf mir. Er war so groß, so kräftig, aber seit unserem letzten Tag am Meer damals: so kalt. Ich spürte auch meinen eigenen Körper, unter seinen Händen ergriffen, in Auflösung begriffen. Es war ausgeschlossen, soviel für einen anderen Menschen zu empfinden.

Ich erinnerte mich an seine Worte, am letzten Tag: „Ich lasse mich scheiden, Anna, sag mir bitte, daß du es willst. Sag mir, daß du mich liebst."

Seine Stimme, seine Augen, die blindwütige Qual seiner Augen.

Ich erinnerte mich an die darauffolgende Stille. Eine unbegreifliche, wie tote Stille.

Er war das, wofür ich lebte. Er war meine Rettung, meine Verzweiflung, und er wußte nichts davon. Ich war die einzige, die ihm aus erbitterter Liebe sogar den Tod geschenkt hatte, und er war meiner Liebe nicht wert, weil er mich nicht und weil ich ihn nicht kannte. Warum aber, warum hatte er mich geliebt? Warum war meine Liebe für ihn so schmerzhaft, so real? Ich spürte, wie seine langen, kräftigen Finger nach meinem Herz griffen, wie er mit unschuldigen, festen Schritten über meine Brust hinwegging, die Haut wegstieß, blindlings, ohne davon zu wissen.

An das Gefängnis erinnerte ich mich kaum. Nur daran, wie es von außen ausgesehen hat, als ich reinkam und als ich wieder draußen stand, atemlos, halbtot, die Arme und Beine verletzt, und die aufgeschürfte Haut hatte im Mond geglänzt.

Von meiner Frau ließ ich mich scheiden, kurz nachdem ich gehört hatte, wie lange ich drinbleiben müßte. Es war meine Entscheidung. Es war aus Liebe. Ich wollte nicht, daß sie an etwas gebunden war, was nicht mehr existierte. Wenn ich während meiner Suche an sie zurückdachte, dachte ich an ihr leises Lachen, ihre schrägen Augen, ihren zärtlichen Mund. Ich war immer noch verliebt in sie und hoffte, sie hatte eine neue Frau gefunden, eine bessere, behutsamere. Eine, auf die sie sich verlassen konnte.

Ich wußte ebenfalls nicht mehr, warum und wie lange ich in diesem Gefängnis war, das ich nur noch von außen erinnerte. Ein großer Betonblock, das Flimmern von Glas und Stahl und die hohe Mauer darum. Das Wort Tod. Es mußte ein Irrtum gewesen sein, sonst hätte ich doch die Jahre darin nicht vergessen.

Und seitdem die Suche.

Ich war frei und wollte ihm sagen, daß ich mich geirrt hatte. Daß ich mit der Scheidung einverstanden war. Doch er war verschwunden.

Es war unbegreiflich, ich suchte ihn rastlos und verstört in der ganzen Stadt. Ich hatte das Vorlesungsverzeichnis für das aktuelle Semester gestohlen und durchgeblättert. Er hatte keine Seminare. Sein Name stand nirgends. Es schien, als hätte es ihn gar nicht gegeben.

Ich war vor seinem Haus. Ich war hingegangen und hatte auf das Klingelschild gesehen. Es stand ein anderer Name darauf. Eine Nachbarin wurde auf mich aufmerksam. Ich fragte nach ihm. Da zog ein schmerzvoller Ausdruck über ihr Gesicht. „Sie ist weggezogen, haben Sie das nicht gewußt? Sie wollte nach dem ... Unglück nicht mehr hier wohnen."

Er ist umgezogen, dachte ich.

Dann schienen ihre Augen sich plötzlich an meinem Gesicht festzusaugen, ihr Blick weitete sich, und sie streckte die Hand gegen mich aus, wie um sich gegen irgendwas zu schützen. „Sie", flüsterte sie. „Sie sind das! Warum sind Sie hierher zurück ..." Sie ging schwankend rückwärts ins Haus, Schritt für Schritt, warf die Tür hinter sich zu, und ich wußte, daß sie zum Telefon rannte.

An diesem Tag hatte ich die Stadt verlassen. Ich wußte, ich konnte nie wieder in Städte gehen. Nie wieder in irgendeine menschliche Siedlung überhaupt.

Aber ich mußte ihn suchen. Mein Herz bat um Ruhe. Ich mußte ihm sagen, daß ich jetzt sicher war. Daß ich.

Daß ich ihn liebte.

Wenn ich morgens aufstand, war das Hotel schon wach. Immer war es wach, und doch schien es gleichzeitig zu schlafen, mit geöffneten Fenstern, und Schmetterlinge umflatterten die Mauern. Ein unbegreifliches Versprechen ging von diesem Haus aus.

Bereits nach ein paar Tagen neben dem Hotel schreckte ich morgens auf, ohne zu wissen, was mich geweckt hatte. Ich zog den Reißverschluß des Zeltes auf und sah, wie nach und nach die Öllampen in den Häusern angingen. Das eintönige, verwirrende Leben dieser vergessenen Menschen begann einen verführerischen Sog auf mich auszuüben, ohne daß ich sagen konnte, worin dieser Sog bestand. Ich spürte ein Ziehen in mir, betörend, erregend, mich ebenfalls fertig zu machen, mir jetzt einen Tee zu kochen und den Korb und die Hakke hervorzuholen.

Ich beobachtete die Menschen, die stumme Gruppe gedrungener Gestalten, die jeden Morgen um dieselbe Zeit ihre Häuser verließ und auf die Felder ging. Noch immer beachteten sie mich nicht. Ich stand neben ihren Feldern und fühlte dem Brennen in mir nach. Ich konnte keinen einzigen von ihnen unterscheiden, doch ich wünschte mir, daß sie mich ansahen.

Hatte ich am ersten Tag meiner Beobachtungen noch augenscheinliche Unterschiede zwischen ihnen festgestellt, so schienen sie mit jedem Tag, den ich im Dorf verbrachte, immer mehr zu verwischen, und irgendwann waren es keine einzelnen Menschen mehr für mich, sondern eine Gruppe herber, robuster Personen, vereint durch einen unstillbaren Hunger nach etwas mir Unbegreiflichem.

Ich ging zu dem dunkelgrünen See; ich durchbrach das Dickicht aus Klettenbüschen, Disteln und Schilf und wusch mich. Ich wischte die Entengrütze beiseite und betrachtete mein Gesicht. Es war dunkel und jeder Knochen von beunruhigender Wirklichkeit. Ich dachte an ihn, den ich liebte, und sah, wie jäh etwas Boshaftes hinter meinem Gesicht hervorkam, wie es aus den kleinen, zarten Poren hervorbrach. Etwas Gieriges, unempfindlich gegen jede Witterung, ein schändliches, widerstandsfähiges Dröhnen aus meinem Gesicht. Ich zuckte zurück und sah entsetzt auf die Felder, auf die stumm arbeitende Gruppe.

Das Dröhnen war noch immer da. Es war in meinen Ohren.

Ich rief. Ich rief nach ihnen, doch sie arbeiteten stur weiter. „Bitte!“ rief ich panisch. „Bitte, seht mich doch an!“

Das Dröhnen kam näher.

Es war überall, es war dort, irgendwo hinter den Felsen. Es kam unaufhaltsam, wie eine furchtbare Erinnerung, kam mich zu holen, und ich rannte. Ich riß mir die Beine blutig, ich rannte an dem Zelt vorbei, das bot nicht genug Schutz, ich brauchte feste Mauern, und das Dröhnen wurde lauter.

Ich hämmerte schreiend vor Angst an die verwitterte Tür des Hotels. Ich rammte meine Fäuste gegen das Holz. Einen Moment lang war mir, als stünden Schatten hinter den Fenstern, Gesichter, die sofort wieder verschwanden. Einen Moment lang war mir, als hätte ich ihn gesehen. Ich schlug auf die Tür ein und weinte. Ich sank auf den Boden, kratzte an dem Holz und riß mir Splitter unter die Nägel. „Laßt mich rein!“ schluchzte ich.

Mein Herz, mein Herz bat um Ruhe.

Da schwang die Tür auf. Ich mußte die Augen schließen.

Es war hell.

einst
luna jacob & antje wagner

einst
starb ich an meinem
schlaf es war nur
blau
erwachte nicht
es war
in deiner welt

wir schienen in eichenwäldern
du sangst, und ein wort
flieder, es machte mich weinend

einst
suchte ich ein
wort es war nur
bruch
und fand mich nicht
es war
borke an mir

ich ging den flieder suchen
mein schrei, so leise
als welke ein blick

doch jetzt,
mein einst, blau
erstarr ich zum spiegel und
pflanze den flieder neu
in den gärten